현대 도술사

묵련 장편 소설

FUSION FANTASTIC STORY

현대 도술사 1

묵련 장편 소설

초판 1쇄 찍은 날 § 2015년 7월 15일
초판 1쇄 펴낸 날 § 2015년 7월 22일

지은이 § 묵련
펴낸이 § 서경석

편집책임 § 박은정

펴낸곳 § 도서출판 청어람
등록번호 § 제387-1999-000006호
등록일자 § 1999. 5. 31
어람번호 § 제1-2175호

주소 § 경기도 부천시 원미구 부일로 483번길 40 서경B/D 3F (우) 420-822
전화 § 032-656-4452 팩스 § 032-656-4453
http://www.chungeoram.com
E-mail § chungeorambook@daum.net

ISBN 979-11-04-90316-8 04810
ISBN 979-11-04-90315-1 (세트)

현대 도술사

묵련 장편 소설

FUSION FANTASTIC STORY

1

CONTENTS

프롤로그

유그라드 신력 156년, 나르서스 제국 26대 황제 카미엘이 벌인 정복전쟁이 막을 내렸다.

이로써 나르서스 제국은 중간계라고도 불리는 유그라드의 네 개 대륙 중 세 개 대륙을 통합하는 전대미문의 업적을 남기게 되었다.

나르서스 제국이 병탄한 왕국의 숫자는 총 76개, 전쟁과 동시에 죽어나간 병사의 수는 무려 250만 명이다.

유그라드에 속한 1개 국가의 총인구수가 평균 350만 명임을 감안하면 실로 어마어마한 숫자였다.

사가들은 황제 카미엘이 흘린 피를 모두 모은다면 강을 만들 수 있을 것이라고 말한다.

실제로 나르서스가 개전 직후 치른 나란츠 대전투에서 죽은 병사들의 피가 나란츠 평야를 질퍽질퍽한 늪지대로 바꾸었다는 기록이 있다.

아무리 일시적인 일이라곤 하지만 평야가 피로 물들다 못해 혈수를 만들었다는 것은 실로 엄청난 일이다.

이런 대전투가 비일비재한 나르서스 제국의 정복전쟁이었으니 피로 강을 만들 수 있을 것이라는 소리가 아주 허무맹랑한 날조는 아닐 것이다.

2월 중순, 황제 카미엘은 무려 10년간의 정복전쟁을 승리로 장식하면서 그와 수반된 숙청을 시작했다.

그 첫 번째 제물은 나르서스 제국을 종전 직전까지 괴롭힌 이노티아 왕국의 총사 티리엘이다.

카미엘이 유그라드를 일통하는 데 가장 골머리를 앓은 지역이 바로 동부대륙이었고, 티리엘은 특유의 명석함과 지도력으로 군을 이끌어 제국을 끝도 없이 압박했다.

또한 티리엘은 신묘한 도술을 부려 크고 작은 전투를 승리로 이끈 명사 중의 명사다.

만약 제국의 국력이 지금의 10%만 모자랐어도 일통의 꿈은 수포로 돌아갔을지도 모른다.

이노티아 왕국민은 자신들의 수호자로서 전쟁을 승리로 이끌어온 티리엘을 영웅으로 떠받들었다.

그런 그를 카미엘이 살려둘 리가 없다.

형틀에 묶인 티리엘이 고개를 들어 자신을 둘러싼 제국의 시민들을 바라보았다.

"죽어라! 죽어라!"

"……."

대륙 최고의 도술사라 불리는 티리엘의 능력이라면 자신의 몸 하나 피신하는 것은 그리 어려운 일이 아니었다.

도술은 대자연의 기운을 자신의 몸 안에 품고 있다가 도력과 함께 그것을 자유자재로 다룰 수 있는 술법이다.

때론 축지법을 사용하기도 하고 하늘에서 비를 내리는 등 날씨를 마음대로 부리기도 한다.

그런 그의 신묘한 능력 때문에 이노티아 왕국은 10년간 이 전쟁에서 살아남을 수 있었다.

만약 티리엘이 마음만 먹는다면 제국의 수도 중앙광장에 모인 시민들과 함께 자폭할 수도 있었다.

하지만 그렇게 되었다간 조국의 백성들이 더욱 고된 핍박을 받을 터였다.

그에겐 조국이 망하는 일은 그리 중요하지 않지만 자신을 믿고 따르던 병졸과 백성들이 눈에 밟혔다.

'어쩔 수 없군.'

그는 천천히 고개를 들어 하늘을 바라보았다.

쏴아아아!

시원한 산들바람이 불어와 그의 머리를 간질였다.

'그래, 죽기에 그리 나쁜 날씨는 아니지.'

이윽고 그는 조용히 눈을 감았다.

"죄인을 처단하라!"

"와아아아아!"

황제 카미엘의 명령에 따라 제국군은 그의 심장에 창을 찔러 넣었다.

푸하아악!

"크어어어억!"

그의 피와 체액이 산들바람을 따라 흩날린다.

촤락!

그리고 다시 한 번, 또다시 한 번 그의 몸통에 창이 틀어박혔다.

퍽퍼퍽퍽!

"으억······."

티리엘의 몸은 이제 더 이상 아무것도 남지 않은 텅 빈 껍데기만 남았다.

"쿨럭!"

잠시 후, 그는 마지막으로 자신의 몸속 깊은 곳에 남아 있는 응축된 도력의 구슬을 뱉어냈다.

또르르르릉.

"아아아……."

구슬이 뿜어져 나옴과 동시에 숨을 거둔 티리엘은 눈을 뜬 채 망부석이 되어버렸다.

이제 티리엘이라는 이름은 가끔 사가들의 입에 오르내릴 뿐, 역사와 함께 빛바래져 갈 것이다.

*   *   *

끝도 없는 어둠이 계속되는 곳.

선인들은 이곳을 두고 명계, 혹은 사후세계라 부른 모양이다.

티리엘은 칠흑 같은 어둠 속을 벌써 얼마나 영유하고 있는지 가늠조차 할 수 없었다.

아니, 지금 이 아공간 속에선 원래 그 어떤 자각 같은 것을 할 수 없어야 정상인지도 모른다.

가만히 눈을 감은 그는 마치 복중의 태아처럼 아주 편안하고 아늑한 느낌을 받았다.

'자고 싶군.'

한껏 몸을 웅크린 티리엘은 자신이 태어난 시절부터 죽음에 이르는 시간까지 되돌아보았다.

어려서부터 평탄할 날이 없던 그의 인생은 고난과 역경 그 자체였다.

이제 그는 더 이상 고난의 가시밭길에서 발버둥 치며 사는 인생을 영유하고 싶지 않았다.

'…편안하구나.'

그는 너무도 편안해 눈물이 날 것만 같았다.

자신의 모든 것을 내려놓은 순간, 티리엘은 진정한 자유가 무엇인지 깨닫게 되었다.

바로 그때였다.

그가 육신의 번뇌를 벗어버린 그 순간 주변의 환경이 변하기 시작했다.

솨아아아아아!

거대한 파도가 그를 집어삼켰으며, 그 파도는 티리엘의 육신이 갈가리 찢어버릴 듯 거세게 소용돌이쳤다.

"쿨럭쿨럭!"

순간, 번쩍 눈을 뜬 그는 태풍이 몰아치는 망망대해 한가운데 뚝 떨어져 있다는 것을 깨달았다.

한 치 앞도 바라볼 수 없는 엄청난 파도의 향연은 티리엘을 망연자실하게 만들었다.

"빌어먹을!"

그를 향해 아가리를 벌린 파도가 다시 한 번 티리엘을 덮쳐 왔다.

고오오오오오오!

아무리 작게 잡아도 파도의 높이는 족히 5미터를 육박해 보였다.

육신의 번뇌를 벗어던졌다고는 해도 인간의 내면에 잠들어 있던 생존 본능은 어쩔 수 없었다.

"살아야 한다!"

우선 이곳에서 살아나가야 한다는 일념에 사로잡힌 티리 엘은 자신의 단전에 잠들어 있는 도력을 끄집어내었다.

하지만 그의 단전은 아무런 반응을 보이지 않았다.

"이, 이런……!"

그의 단전은 이미 도력이 모두 없어져 텅텅 빈 상태였다.

쏴아아아아아!

망망대해의 조류 속에 빠져든 티리엘은 도술도 부릴 수 없 는 처지가 된 것이다.

바로 그때였다.

휘이이이이이잉!

사나운 광풍이 몰아치던 태풍의 한가운데 소용돌이가 만 들어지기 시작했다.

그리고 티리엘은 한순간 그 소용돌이 안으로 빨려들어 갔다.

"으아아아아아악!"

퍼버버벅!

거센 풍랑과 소용돌이에 머리를 부딪친 티리엘은 그 즉시 정신을 잃고 말았다.

제1장
목포에 부는 바람

　8월 중순, 초대형 태풍 사만다가 서해안을 통하여 한반도를 가로지르고 있다.

　기상학자들은 지금까지 대한민국을 지나간 역대 태풍 중 사만다가 가장 극악한 피해를 남길 것으로 예측했다.

　그런 가운데 목포 해양병원으로 한 청년이 들것에 실려 들어왔다.

　콰앙!

　응급실 문을 거칠게 열고 들어온 119 구급대원들은 청년에게 계속해서 수동으로 산소를 공급하고 있었다.

슈욱, 슈욱!

그들은 이곳을 지키고 있는 의료진에게 외쳤다.

"응급 환자입니다!"

물에 흠뻑 젖은 청년의 몸은 마치 거대한 탈수기에 들어갔다 나온 것처럼 신체가 제멋대로 뒤틀려 있었다.

다만 여전히 아주 옅은 호흡이 이어지고 있어 목숨이 끊어지지 않았다는 것을 반증하고 있을 뿐이다.

황급히 구급대원들을 향해 달려온 의료진은 청년의 상태부터 체크했다.

"어떻게 된 겁니까?! 상태가 많이 안 좋아 보이는데……!"

"태풍을 관측하고 있던 탐사선이 발견했습니다. 발견 당시엔 서해 인근에 초대형 소용돌이가 발생했지요."

"소용돌이요?"

"기상학자들이 말하기를, 소용돌이의 중앙 지역에서 이 청년이 툭 튀어나왔답니다."

구급대원들의 증언은 도저히 믿기 힘든 소리였다.

"그, 그런 말도 안 되는 일이……."

"아무튼 이 청년의 상태가 심각한 것은 확실합니다. 어서 조치를 취해주시지요."

"아, 알겠습니다!"

의료진은 그에게 응급처치를 한 후에 곧장 X—ray 촬영에 들어갔다.

영상의학과 의료진은 그를 이렇게 진단했다.

"사지가 뒤틀렸군. 가망이 없겠어. 뼈와 내장이 다 돌아갔으니."

"젠장."

응급실 당직을 맡은 응급의학과 전문의 강성철은 깊은 고뇌에 빠졌다.

"선생님, 어떻게 하면 좋을까요?"

"흐음."

이미 가망이 없다고 판단되는 젊은이, 하지만 강성철은 이내 결단을 내렸다.

"수술방 잡아. 청년을 살린다."

"예, 선생님."

바로 그때였다.

삐비비비비비빅!

"선생님, 심장 발작입니다!"

"뭐, 뭐라?!"

순간, 눈을 뜬 청년이 허공을 향해 손을 들어 올린다.

"흐어어어어억!"

"이, 이봐요!"

급기야 그는 말도 안 되는 소리를 지껄였다.

"…왕국, 만세!"

"젠장! 엎친 데 덮친 격이군."

"으하아아!"

"응급처치에 들어간다! 기도 확보하고 나이트로 글리세린 투여해!"

"예, 선생님!"

의료진은 강성철의 처방에 따라 즉시 기도를 확보하고 안정제와 나이트로 글리세린을 투여했다.

그제야 청년은 서서히 안정을 찾아갔다.

삐빅, 삐빅.

"혈압, 심박 수 모두 안정되었습니다."

"…십년감수했군. 어서 수술에 들어가자고."

"예, 알겠습니다."

강성철은 청년을 데리고 황급히 수술실로 향했다.

＊　　　＊　　　＊

전라남도 영천의 깊숙한 산골마을.

이곳은 영천강과 목포의 해류가 만나는 곳이다.

영천은 자연의 해풍과 볕으로 얻어낸 천일염이 유명했으며, 그 소금으로 각종 젓갈을 만들어 팔았다.

1970대에만 해도 영천은 전남 지역에서 가장 큰 염전과 젓갈 공장을 보유하고 있었다.

그러나 2차산업의 부흥으로 인하여 이촌향도현상이 벌어졌고, 그와 함께 지역의 젊은이들이 도시로 떠나 버렸다.

그때부터였다.

영천의 경제는 서서히 무너져 내리더니 1990년대 후반에는 대기업에서 염전을 모두 다 인수해서 공장을 세웠다.

그나마 영천에 남은 사람들은 각자의 작은 염전과 어업, 갯벌 일로 근근이 목숨을 연명해 나갔다.

유하는 영천의 경제가 한창 무너져 내리던 시절을 몸소 겪은 마을의 청년이다.

그의 아버지는 대대로 이어져 오는 젓갈 공장과 염전을 일구면서 살았는데, 인근에서는 알아주는 알부자였다.

염전으로 일어선 가문, 하지만 그 역시 다른 젊은이들과 같이 도시로 눈을 돌렸다.

도시에 건물과 땅을 구매해서 사업을 펼친 유하의 아버지는 90년대 중반까지만 해도 자산 규모 200억대의 알부자였다.

이때까지만 해도 유하네 집은 상당히 부유하고 화목했다.

여섯 살 터울의 두 남매에 태중의 늦둥이, 그리고 이들을 슬하에 둔 부부는 금실이 상당히 좋았다.

누가 보아도 행복한 가정 그 자체였다.

그러나 부귀영화는 한국의 금융위기와 함께 물거품처럼 사라지고 말았다.

한국의 샴페인 경제의 거품이 걷히고 나자 유하네 집안 사업은 줄줄이 망해갔다.

부동산은 미친 듯이 곤두박질 쳤고, 유하의 아버지가 투자한 주식은 전부 휴지조각이 되어버렸다.

융자를 끼고 사들인 건물은 줄줄이 급매로 넘어갔으며, 유하네 집안은 이제까지 모아두었던 자산을 융자 상환에 모두 다 쏟아붓기에 바빴다.

은행 금리가 미친 듯이 치솟아 지금까지 유지하고 있던 융자가 더 이상 감당할 수 없는 지경에 이르게 된 것이다.

서울에서 부동산 사업과 유망 주식 투자에 전 재산을 밀어넣은 유하네는 영천의 염전 15개와 150만 평 부지를 죄다 은행에 빼앗기고 말았다.

그렇게 집안의 재산이란 재산은 죄다 처박고 나서도 무려 4억이라는 빚이 남았다.

유하의 아버지는 가족을 모두 영천의 집에 남겨두고 빚쟁이들에게 쫓겨 집을 나가 버렸다.

그의 어머니는 유하가 10대 초반이 되는 시점에 종적을 감추어 버렸다.

항간에는 제비와 바람이 났느니 중동으로 품을 팔러 갔느니 말이 많았지만 실상은 좀 달랐다.

집안의 사업이 망하면서 그녀 역시 사채와 은행 빚으로 도망자 신세가 된 것이다.

그로 인하여 유하는 인생이 얼마나 쓰고 텁텁한 것인지 깨닫게 되었다.

어머니가 집을 나설 때 유하의 나이는 고작 열네 살이었다. 그 당시 그녀는 집을 나가 잠적하면서 친척들에게 유하 남매와 늦둥이 유나를 맡겨놓았다.

그때부터였다.

유하는 이 집 저 집을 전전하며 눈칫밥에 육아까지 전담하면서 학교를 다녔다.

하지만 이 세상에 아무리 좋은 친척이라고 해도 끝까지 유하 남매와 유나를 책임져 줄 사람은 없었다.

유하는 하루 거의 대부분을 심력을 소모하며 억지로 버텼다.

하지만 친척들은 친자식이 아닌 유하 남매를 고아원으로 보내기로 결정했다.

만약 그렇게 되면 세 남매가 뿔뿔이 흩어질 수도 있다는 것을 잘 알고 있었지만 그런 것은 안중에도 없었다.

결국 유하는 여섯 살 터울의 초등학생 여동생과 이제 막 세

살이 된 막둥이를 들쳐 업고 다시 목포로 돌아왔다.

바로 이때부터 그는 학업을 포기하고 본격적으로 생업 전선에 뛰어들었다.

유하는 중학교를 간신히 졸업하고 고등학교를 들어가자마자 중퇴했으며, 성인이 되기 전부터 소년가장이 되어 동생들을 부양했다.

소년소녀가장들을 위한 보호 시설이 있었는데, 유하는 동생들을 따로 떨어뜨려 놓는 것이 싫어서 악착같이 일했다.

자신만 눈칫밥을 먹으면 되었지 아무것도 모르는 동생들까지 고생시키고 싶지 않았던 것이다.

이때부터 유하의 하루는 눈코 뜰 새 없이 바쁘고 각박해졌다.

새벽에 일어난 유하는 오전엔 바다로 나가 새벽 조업을 하다 점심도 제대로 먹지 못하고 햇볕을 따라서 소금밭을 일궜다.

그리고 염전에서 일하고 난 후엔 젓갈 공장에서 허리가 휘어져라 일했고, 밤에는 쪽잠을 자며 횟집 술 배달을 했다.

처음 유하가 이 동네에 내려왔을 때, 그는 집 한 칸이 없어서 동네 헛간에서 동생들을 키웠다.

그나마 연고가 있는 영천이었기에 망정이지, 그렇지 않았다면 헛간은 고사하고 진즉 동생들과 함께 굶어 죽었을 것이다.

그는 헛간에서 꼬박 반년 동안 밤낮으로 일해서 방 한 칸을 마련했고, 삼남매는 그곳에서 숙식을 해결했다.

염전은 남의 집 품팔이를 해 받은 돈으로 빌려 만들었으며, 배 역시 전부 빚으로 사들였다.

그렇게 돌려막기 인생이 근 10년, 여전히 유하는 가난하고 힘들었다.

하지만 남매는 뿔뿔이 흩어져 살지 않아도 된다는 생각에 행복하고 늘 감사하며 살았다.

그러던 어느 날이었다.

여느 때와 같이 새벽 조업을 나간 유하가 일주일째 집에 돌아오지 않았다.

유하의 동생들은 경찰에 실종신고까지 냈고, 사라진 가장을 찾기 위해 밤낮으로 뛰어다녔다.

하지만 허무하게도 유하는 아주 엉뚱한 곳에서 발견되었다.

삐빅, 삐빅―

평범한 기계음이 들려오는 병실, 유채와 유나는 의료진의 설명을 듣고 있었다.

"소용돌이에 휩쓸려 전신 골절이 일어났습니다. 내장 파열로 인해 신장과 췌장이 제 기능을 하지 못할 수도 있으며, 근섬유가 50% 이상 파열되어 반신불수로 살아갈 확률이 높습니다."

"네, 네?"

바로 어제 병원에서 유하를 데리고 있다는 전화를 받은 둘째 유채는 반가운 마음으로 이곳에 왔다.

하지만 지금 의사가 자신을 향해 내뱉고 있는 말은 도저히 믿을 수가 없을 정도로 충격적이었다.

"우, 우리 오빠가 그럼……."

"아무래도 식물인간 판정이 날 가능성이 높습니다."

정확히 사실만을 전달하는 의사의 표정은 무겁게 가라앉아 있고, 그 말을 전해 들은 두 자매는 하늘이 무너지는 것 같았다.

"오, 오빠……."

"아아……!"

"언니!"

급기야 둘째 유채는 충격에서 벗어나지 못하고 이내 혼절하고 말았다.

막내 유나는 혼절한 언니 앞에 무릎을 꿇고 앉아 오열했다.

"흑흑, 언니! 언니!"

"이, 이런. 어서 쓰러진 사람을 응급실로 옮겨!"

"예!"

청천벽력이라는 소리는 이럴 때 쓰라고 있는 말인 듯했다.

편하게 잠 한번 제대로 자보지 못한 유하가 반신불수가 될
수도 있다니, 자매는 또다시 세상에 덩그러니 남겨진 상실감
에 빠져들었다.

*   *   *

입원 일주일째, 유하는 슬슬 의식을 되찾아갔다.

물론 의식만 있을 뿐이고 몸을 움직이거나 제대로 활동할
수는 없는 상태이다.

삐빅, 삐빅—

기계음을 내는 생명유지장치를 바라보던 유하가 눈을 끔
뻑거렸다.

'살았나?'

불가에선 사람이 죽으면 윤회를 거쳐 환생한다고 한다.

종교마다 사후세계에 대한 정의가 다르지만, 유하는 불가
의 이론이 50%는 맞는다고 생각했다.

그는 지금 다른 사람도 아니고 본인이 직접 환생이라는 것
을 경험하고 있었다.

유하, 아니, 티리엘은 자신의 영혼이 차원을 넘어 이곳 지
구로 왔다는 것을 본능적으로 깨달았다.

그리고 유하의 기억과 티리엘의 기억이 적절히 혼합되면

서 자신의 처지에 대해 자각하게 되었다.

유하는 오른쪽 손가락을 꿈틀거려 보았다.

'식물인간 상태인가?'

여전히 의식은 또렷하게 남아 있지만 몸은 움직여지지 않았다.

아마도 소용돌이에 휩쓸리면서 전신에 타격을 받아 신경이 상한 것 같았다.

다른 것도 아니고 식물인간이라니, 죽음이 끝이라고 생각하던 그로선 망연자실할 수밖에 없었다.

'인생사 더 이상 미련은 없건만…….'

태어날 때부터 아버지가 없던 티리엘은 꽤나 불우한 어린 시절을 보냈다.

동부대륙은 가부장적인 통념이 사회 깊숙이 박혀 있었고, 아버지가 없는 아이는 항상 업신여김을 받았다.

더군다나 티리엘은 도력의 영향으로 머리칼 색과 눈동자 색이 자주 변했다.

검은 머리에 살구색 피부. 전형적인 동양인이 살아가는 동부대륙에서 머리칼 색과 눈동자 색이 다르다는 것은 생각보다 심각한 문제였다.

아버지가 없는 색목인이라니, 사람보다 못한 취급을 받는 것이 어느샌가 당연하게 여겨졌다.

하루가 멀다 하고 돌팔매질을 당하던 그가 도술사가 된 것은 아주 우연한 계기로 인해서였다.

티리엘이 살던 마을에는 나이를 가늠할 수 없을 정도로 오래 살아온 선인이 한 명 있었는데, 마을 사람들은 그를 두고 신령이라 불렀다.

일곱 살, 돌팔매질에 지쳐 안정을 찾기 바라던 티리엘은 무작정 산에 올랐고, 그는 그때 선인을 만났다.

선인은 티리엘에게 자연의 섭리에 대해 가르쳤는데 그는 단 한 달 만에 그 섭리에 대해 이해했다.

깨달음은 도력의 기틀을 만들고, 티리엘은 그렇게 다져진 기틀에 대자연의 섭리를 담아냈다.

산속에서 수행 정진한 지 20년, 티리엘은 어느새 선인의 제자로 그 이름이 널리 알려 퍼지게 되었다.

그의 신통방통한 도술과 뛰어난 지혜는 국왕의 귀에까지 들어갔고, 그를 군사로 들여 쓰게 되었다.

몇 번이고 고사한 군사 자리였지만, 국왕은 연신 백성들을 들먹이며 그를 붙잡았다.

덕분에 그는 어쩔 수 없이 군사로서 병졸들을 지휘하게 된 것이다.

그로부터 다시 20년, 티리엘은 군부에서 혁혁한 공을 세우며 참모부의 총사에 오르게 되었다.

하지만 조국은 그가 총사에 오르고 난 후 10년 동안 제국의 침략을 받아 악화일로를 걷게 되었다.

백성들을 위해 결사항전을 택한 티리엘이었지만 제국의 칼날 앞에 결국 무릎을 꿇고 말았다.

황제 카미엘은 왕국의 두뇌이던 티리엘을 제거함으로써 마침내 병탄에 마침표를 찍었다.

그는 조용히 눈을 감았다.

'차라리 어려서 사망했으면 좋았을 것을……'

애국투사로서 나라를 지키다 죽은 티리엘은 어린 동생들을 홀로 부양하는 가장 유하로 환생했다.

애환만이 가득한 삶은 마치 뫼비우스의 띠처럼 끝도 없이 반복되었다.

'혹자의 말대로 인생은 참 지랄 맞구나.'

그는 이내 욕지거리를 가슴에 품은 채 잠에 빠져들었다.

*　　　　*　　　　*

입원 이 주일째.

유하는 가만히 누워 병실을 오가는 동생들만 바라보고 있었다.

유채는 유하의 대소변까지 받아가며 그를 돌보고 있었다.

어린 시절부터 동생들을 부양해 오던 유하이지만 이런 간호가 썩 편치만은 않았다.

슥삭슥삭.

유하의 팔과 다리를 물수건으로 정성스럽게 닦아낸 유채는 그의 바지를 벗겼다.

"오빠, 이제 기저귀 갈자."

'이런……'

사지가 뒤틀리면서 유하의 몸은 이제 항문도 제대로 간수하지 못하는 지경에 이르렀다.

하루에도 몇 번씩 대변을 처리해 주지 않으면 병실에 냄새가 진동했으며, 밥도 일일이 떠먹여 주어야 생명을 유지할 수 있었다.

한마디로 그는 동생들에게 짐으로 전락한 것이다.

유채가 기저귀를 확인하기 위해 바지를 벗겨내자, 그의 엉덩이에 묵직한 무언가가 툭 불거져 나온다.

뿌웅, 부우우우욱!

"어이쿠, 타이밍 한번 기가 막힌데?"

'…죽고 싶구나.'

살다 살다 세상에 고역도 이런 고역이 없었다.

아무리 가족이라지만 타인 앞에서 실례를 한다는 것은 자존심이 지하 끝까지 떨어져 내리는 일이다.

더군다나 남동생도 아닌 여동생 앞에서 대변을 마구 갈겨 댄다는 것은 창피하다 못해 딱 죽고 싶은 심정이 들 정도였 다.

하지만 제대로 운신할 수가 없으니 몸을 여동생에게 맡길 수밖에 없었다.

그녀는 제법 능숙한 솜씨로 유하의 똥 기저귀를 벗겨냈다.

뭉글!

아직도 따끈따끈한 김이 모락모락 나는 대변이 자신의 존 재를 만천하에 알리듯 고약한 냄새를 풍겨내었다.

하지만 유채는 그 고약한 냄새를 아무렇지도 않게 이겨내 곤 기저귀를 갈았다.

가족이 아니라면 결코 할 수 없는 일이었다.

"그래도 대변이 제대로 나오니 다행이야."

다른 동생들 같았으면 이렇게 아픈 오빠쯤이야 나 몰라라 했을지도 모른다.

그러나 유채는 자신의 모든 것을 희생하면서 유하의 곁을 지켰다.

요즘 같은 세상에 이런 사람이 다 있을까 싶다.

'내가 너에게 너무나 많은 빚을 지고 있구나.'

유하는 잠시나마 죽는 것이 나을 뻔했다는 생각을 한 자신 을 책망했다.

그리곤 다시 살아갈 이유가 된 여동생에게 감사했다.

'고맙다, 유채야.'

그는 조용히 기사회생을 다짐했다.

＊　　＊　　＊

유하는 도력의 응축체인 도환이 신체 깊숙한 곳에 산발적으로 자리 잡고 있다는 것을 알 수 있었다.

도술을 행하는 요소에는 총 두 가지가 있는데, 그중 하나는 자연 상태의 도력을 초자연적인 현상으로 바꾸어주는 주술이다.

주술은 고대 선인들의 언어인 만어를 일정한 형식으로 배열하여 도력을 형상화시키게 된다.

하지만 이 주술만으론 제대로 된 초자연적 현상을 3차원에 발현시키기가 힘들기 때문에 도술사들은 자신의 몸속에 쌓아둔 도력을 밖으로 표출시켜 주술에 그 힘을 부여한다.

이때 도력을 밖으로 표출하는 방법 중 가장 확실한 것이 바로 몸속에 도환을 만들어 사출하는 것이다.

물론 도력은 몸 밖으로 표출되어야만 그 힘을 발휘하는 것은 아니다.

도술사들은 주술이 없는 상태에서도 도술을 부릴 수 있지만 그에 동반되는 도력이 상당히 극심하다.

때문에 몸속에 쌓아둔 도력을 도환으로 만들어 배출하지 않고 그대로 순환시켜 사용하는 방법을 개발했다.

이들은 그 방법을 일컬어 '내력' 이라고 정의했다.

내력을 계속해서 증진시키면 도환의 크기와 위력도 함께 증진되기 때문에 도술사가 성장하는 데 있어선 거의 필수적인 요소라고 할 수 있었다.

유하 역시 지금 도환과 내력의 일부를 몸에 지니고 있다.

환생을 거치면서 어떻게 전생의 도환과 단전이 그대로 전이되었는지는 알 도리가 없지만 분명 그것은 실재하고 있었다.

그러나 지금 그의 몸에 남아 있는 도술로는 아주 기본적인 주술도 발현시킬 수 없었다.

다만 미미한 정도의 도술이라도 그의 몸에 존재한다는 것이 중요했다. 앞으로 그 개수와 크기는 점차 늘려 가면 될 일이다.

유하는 단전에서 발현한 도력을 머리끝 정수리에 위치한 백회혈까지 차례대로 흘려 보냈다.

우우웅.

하지만 도력은 단전을 벗어나지 못한 채 그 힘을 잃고 말았다.

'혈맥이 모두 다 막혀 버렸구나. 이런…….'

몸이 뒤틀리면서 신체는 물론이고 혈맥까지 그 기능을 제대로 발휘할 수 없게 된 모양이다.

이대로라면 도력이 딱딱하게 굳어 다시는 사용할 수 없는 상태가 될 것이다.

그렇게 되면 도력이 암 덩어리를 형성하여 도리어 도술사를 해치게 된다.

'이를 악물어야겠군.'

독하게 마음먹지 않으면 평생 이대로 식물인간으로 살아가야 할 것이고, 동생에게 평생 짐이 될 터였다.

침대 위에 가만히 누운 유하의 눈동자에 결연한 의지가 스쳐 갔다.

*   *   *

이른 아침, 유하는 가만히 눈을 감은 채 명상에 빠져 있었다.

"후……."

간신히 숨을 쉬는 것 말고는 딱히 할 수 있는 것이 없는 유하이지만 뇌신경과 단전은 살아 있었다.

그 덕분에 도기를 백회혈까지 끌어 올려 인체의 모든 혈맥을 타통시키는 과정이 가능했다.

하지만 혈을 뚫어내기 전, 유하는 단전 부근에 산발적으로
흩어져 있는 도환을 녹여 도기를 얻어내야 했다.

그는 자신의 모든 호흡을 단전 쪽으로 돌렸다.

"쿠, 쿡……."

이제부터 유하의 호흡은 폐부와 복강, 흉부가 아닌 단전으
로부터 시작될 것이며 한 호흡이 들어올 때마다 도기가 조금
씩 단전으로 모여들게 될 것이다.

이것이 바로 내력을 수련하는 궁극의 심법인 '단전호흡'
이다.

그러나 아직 단전이 제대로 열린 상태가 아니기 때문에 단
전에 쌓이는 도력의 양은 너무도 미미하여 그 실체를 찾아보
기도 힘들 지경이다.

유하가 처음 환생한 것으로 추정되는 태풍 소용돌이 속 물
난리에서 도력을 사용하지 못한 것은 단전에 도력이 들어 있
지 않았기 때문이다.

단전에 쌓아둔 도환이 단전을 벗어나 산발적으로 흩어져
있으니 호흡으로 끌어들인 도력이 제 역할을 할 수 있을 리가
없었던 것이다.

단전호흡이란 복식호흡의 일종이며 호흡에 도력을 가장
많이 녹여낼 수 있는 수단이다.

하지만 단전으로부터 시작되어 백회혈로 끝나는 단전호흡의 순회 방식은 아직 기혈이 막혀 있는 유하의 입장에서는 호흡을 10분의 1로 줄이는 일이기도 하다.

때문에 지금 유하의 호흡은 거의 숨을 쉴 수 없을 정도로 작고 거칠게 진행되고 있었다.

"우욱! 쿨럭!"

심지어 막혀 있던 기혈을 억지로 건드리는 바람에 폐부에서 딱딱한 핏덩이까지 뿜어져 나왔다.

폐부를 딱딱하게 감싸고 있던 고혈과 어혈이 뿜어져 나오면서 유하의 몸에서는 말로 형용할 수 없는 악취가 풍겼다.

도저히 제정신으로는 맡을 수 없는 악취가 풍기고 있었지만, 유하는 그에 아랑곳하지 않았다.

'일주천이 끝났다!'

호흡이 한 번 끝나고 나면 그 공기가 단전의 깊숙한 곳까지 전해지기 때문에 근방에 위치한 도환들을 자극시킬 수 있을 것이다.

"쿠, 쿠허억!"

재빨리 다시 한 번 깊게 숨을 들이켠 유하는 그대로 공기를 단전에 불어넣었다.

쿠웅, 쿠웅.

공기가 단전을 자극하면서 도환들이 점점 단전 부근으로

모여들었다.

'효, 효과가 있다!'

만약 이대로라면 이제 곧 도환들이 단전 부근에 뭉쳐 딱딱한 덩어리가 될 것이다.

하지만 바로 그때였다.

드르르륵!

아침나절 동안 집에 다녀온 유채가 점심시간이 되자마자 유하를 찾아왔다.

"어머나! 오빠!"

'아, 안 돼!'

유하는 그녀를 보자마자 단숨에 단전호흡을 멈추고 정상인의 호흡으로 숨을 쉬기 시작했다.

호흡이 제대로 이뤄지지 않는 가운데 단전호흡을 하면 기혈이 불안해지고, 이때 잘못해서 누군가 몸을 건드리기라도 한다면 곧장 주화입마가 진행된다.

때문에 그는 유채를 보자마자 수련을 끝낸 것이다.

"쿨럭쿨럭!"

"간호사! 간호사!"

아연실색해 달려온 유채는 연신 유하의 몸을 주무르며 눈물을 쏟아냈다.

"흑흑, 오빠!"

지금 그의 몸에선 지독한 악취가 풍기고 있을 터이지만, 유채는 그런 자잘한 것엔 신경 쓸 겨를이 없는 모양이다.

이윽고 병실 문을 열고 들어선 의료진은 단박에 코를 틀어막았다.

"크헉! 이게 도대체 무슨 냄새야?"

"어흑! 정화조가 고장 났나?"

유채는 그런 그들의 바지춤을 붙잡았다.

"흑흑, 선생님! 우리 오빠 좀 봐주세요!"

"아, 네."

손으로 코를 틀어막은 의사와 간호사들은 어쩔 수 없다는 듯 유하의 상태를 살폈다.

청진기와 동공 반응으로 유하의 상태를 진단한 의사가 입을 열었다.

"벼, 별다른 이상은 없는 것 같네요. 아마도 폐에 고여 있던 혈종이 뿜어져 나온 것 같습니다."

"혈종이요? 그게 가능한가요?"

"글쎄요. 아무튼 지금으로선 별다른 소견을 말씀드리기 어렵군요. 당장 정밀검사를 진행하겠습니다."

"네, 감사합니다."

이윽고 의료진은 도망치듯 병실을 나섰고, 그제야 유채는 유하의 몸에서 엄청난 악취가 풍긴다는 것을 깨달았다.

"쿵쿵. 옷을 갈아입어야겠는데?"

그녀는 오늘도 더럽혀진 유하의 환자복을 벗기고 그의 몸에 묻은 오물을 닦아냈다.

유하는 유채에게 갚을 길 없는 빚을 지고 있음을 너무나도 잘 알고 있다.

'이 빚은 내가 꼭 갚으마.'

그는 조용히 눈을 감았다.

*　　　*　　　*

다음 날, 유하는 이제 피를 토하지 않고 단전호흡을 할 수 있는 경지에 도달했다.

그리고 산발적으로 흩어져 있던 도환을 단전 부근까지 끌어내는 데 성공했다.

이제 그는 혈맥을 뚫을 수 있는 기반을 마련한 셈이다.

가장 먼저 유하는 단전에서부터 시작해 인체의 정면을 지나는 가장 첫 번째 혈인 음교(陰交)를 뚫어내기로 했다.

음교는 16극혈 중 하나로 경맥 내의 기혈(氣血)이 굽이쳐 흐르다가 모인 틈새의 일원이다.

유하가 가장 먼저 음교혈을 건드려 보는 것은 극혈로 장부가 제 기능을 하는지 알아보기 위함이다.

우우우우우웅.

가장 신선한 자연의 진기인 도력이 유하의 혈맥을 타고 음교혈로 향한다.

음교혈을 건드려 본 유하는 지금 그의 복강이 모두 진탕되었다는 것을 알 수 있었다.

아마도 소용돌이에 휩쓸리면서 온 내장이 피투성이가 되어버린 모양이다.

'어쩔 수 없지.'

일단 이곳은 건너뛰고 백회혈까지 가는 혈 자리에 온 신경을 집중시켜야 다음 단계로 넘어갈 수 있다.

그는 음교를 지나 양문(梁門), 거궐(巨闕), 구미(鳩尾)에 이르는 혈 자리를 단숨에 타통시켰다.

"우욱, 우욱!"

상체 하부에서부터 가슴까지 일직선으로 이어지는 네 개의 혈 자리를 한 번에 타통하는 일이란 그리 쉬운 일이 아니었다.

더군다나 신체가 뒤틀리면서 만들어낸 어혈이 몸에 쌓인 상태에선 거의 불가능에 가깝다고 할 수 있었다.

지금 유하의 혈맥은 딱딱하게 굳은 어혈이 자리 잡고 있기 때문에 그곳으로 도력을 흘려 보내기가 힘들었다.

이를테면 겨우내 눈을 한 번도 치우지 않은 길목을 눈삽으로 그냥 밀어붙이는 이치와 같았다.

처음엔 조금만 힘을 주어도 길을 뚫을 수 있지만, 그 눈이 계속해 쌓이게 되면 어느 순간부터는 앞으로 나갈 수가 없게 된다.

하지만 그는 포기하지 않았다.

'빌어먹을, 혈맥이 걸레가 되는 한이 있어도 간다!'

그는 구미에서 천돌(天突)까지 단숨에 밀어붙이기로 했다.

구그그그그그그그!

도력을 억지로 올려 보내니 가슴 부근에 열이 나면서 그의 혈맥이 너덜너덜해지기 시작했다.

하지만 그는 한번 마음먹은 것은 무조건 해야 직성이 풀리는 성미였다.

'가라!'

콰앙!

"크헉, 크헉!"

노란 거품에 둘러싸인 검붉은 어혈 덩어리가 유하의 식도를 따라 튀어나왔다.

추럭!

그리고 그 뒤를 이어 샛노란 고름과 가래가 끝도 없이 쏟아져 나왔다.

"우웩!"

이제 그는 식도와 성대를 사용하여 말을 할 수 있는 기반을 갖추게 되었다.

하지만 뇌하수체가 아직 제 기능을 하지 못하기 때문에 기껏해야 간단한 단어를 말하는 정도이다.

이윽고 화장실에 다녀온 유채가 유하의 상태를 보곤 이내 기절할 듯 소리쳤다.

"오, 오빠!"

다급한 표정으로 의료진을 부르려던 그녀를 향해 유하가 가까스로 입을 열었다.

"유, 유……."

"오, 오빠?"

"아, 안……."

"안 된다고?"

"으, 응……."

"하지 말라고?"

"응……. 괘, 괜……."

"흑흑, 괜찮다고?"

"으, 응……."

그녀는 유하의 어눌한 옹알이를 용케도 알아들은 모양이다.

"흑흑, 오빠!"

끝내 유하의 더럽혀진 환자복을 잡고 오열하는 유채를 바라보며 그는 함께 눈물을 흘렸다.

'미안하다.'

그는 울음을 터뜨리는 동생을 달래줄 수 없다는 것이 못내 안타까웠다.

제2장
지지리 복도 없던 청년

　유하가 병원에 입원한 지 꼬박 한 달.

　유하는 드디어 스스로 말을 하고 목을 가눌 수 있는 정도까지 회복했다.

　의사들은 유하의 이런 차도가 기적이라고 말했다.

　끼릭, 끼릭.

　휠체어에 몸을 기댄 유하는 동생 유채의 도움을 받아 병원 옥상으로 향했다.

　도력은 자연의 산물이기에 답답한 병실보다는 탁 트인 병원 옥상에서 명상을 하는 것이 훨씬 효과가 좋았다.

그는 이렇게 하루가 멀다 하고 부업에 자신의 뒤치다꺼리까지 하는 동생이 너무나 안쓰럽고 미안했다.

"미안하다, 유채야. 오빠 몸이 이래서……."

그녀는 유하의 사과가 듣기 싫다는 듯 곧장 말을 돌렸다.

"후아, 이제야 좀 살 것 같네! 오빠도 하루 종일 병실에 콕 박혀 있으려니 좀이 쑤셔 죽는 줄 알았지?"

"으, 으응."

"하지만 좋다고 오래 있으면 안 되니까 적당히 있다가 돌아가자."

"그래, 고맙다."

미안한 마음을 금할 길이 없지만, 유하는 그녀에게 조금 더 기대기로 했다.

어려운 순간이 지나면 그녀에게 모든 수고를 보상해 주겠다고 다짐하고 또 다짐했다.

"후우."

오늘도 유하는 조용히 눈을 감아 명상에 젖어들었다.

측면으로는 간유, 고황, 신주, 천주, 아문, 뇌호에 이르는 혈 자리를 거의 모두 다 타통시킨 유하는 이제 곧 팔과 다리를 움직일 수 있을지도 모른다.

또한 뒤로 백회까지 이어지는 혈 자리 중 일부를 타통시켰기 때문에 측면을 해결하고 나면 도술까지 부릴 수 있을 터였다.

'얼마 남지 않았다.'

이제부터 관건은 유하가 얼마나 독하게 혈맥을 뚫고 도력을 축적시키느냐이다.

한시라도 빨리 병원에서 나가 동생들을 건사하자면 뼈를 갈고 피로 죽을 쑤는 고통쯤은 아무것도 아니었다.

그는 근심이 가득한 동생을 위해 이를 악물고 혈맥을 뚫어내기 시작했다.

병원에서 한 달 동안 혈맥을 뚫고 몸이 어느 정도 회복되었다고 판정받은 유하는 다시 일주일 동안 총 서른 개의 혈맥을 타통시켰다.

그리고 한 달 보름이 되는 순간, 드디어 백회혈 하나만 남겨둔 상황까지 왔다.

이곳을 뚫어내면 드디어 몸이 회복되고 미약하나마 도력을 사용할 수 있을 터였다.

하지만 백회혈을 타통시키는 일은 그리 만만한 과정이 아니었다.

"후우, 긴장되는군."

백회혈은 사람과 하늘을 잇는 천인관문이라고 불릴 정도로 중요하고도 신묘한 혈 자리다.

잘못 건드리면 혈이 거꾸로 솟아 머리가 뭉개져 죽을 수도 있었다.

이토록 위험한 혈 자리인 백회이지만 유하는 죽음을 불사하기로 했다.

이대로 동생들에게 짐이 되느니 차라리 깔끔하게 죽는 편이 나을 수도 있기 때문이다.

이내 가만히 눈을 감고 병실에 누운 유하는 지금까지 단전 부근에 구슬 상태로 만들어두었던 도력을 한순간에 집중시켰다.

우우우우웅!

그의 단전에 모여든 도력이 푸른 기운을 물씬 내뿜었고, 이제 그의 단전은 일말의 도기를 머금게 되었다.

'단 한 번에 간다!'

유하는 이를 악물고 정신을 집중시킨 채 도력을 백회까지 끌어 올렸다.

솨아아아아아!

정면과 후면, 좌우를 합쳐 도합 네 갈래로 나뉜 도력이 일제히 그의 백회혈을 가격했다.

쿵쿵쿵쿵!

"크헉!"

총 네 차례의 충격이 가해지고 난 후, 유하는 눈앞이 하얘지는 것을 느꼈다.

도저히 정신을 차릴 수 없을 정도로 눈앞이 빙글빙글 도는 유하였지만 이대로 포기할 수는 없었다.

'어차피 죽기 아니면 까무러치기다!'

그는 다시 한 번 도기를 단전으로 내린 후 최후의 일격을 준비했다.

'간다!'

쐐에에에에엥!

이번에는 아주 날카로운 쐐기처럼 도력을 다듬은 유하는 마치 창으로 방패를 뚫듯 강력하게 백회를 강타했다.

콰앙!

"으허어어억!"

이내 그는 온몸의 힘이 빠져나가면서 서서히 경련을 일으키기 시작했다.

온몸에 있는 모든 구멍에서 물이란 물은 다 뿜어져 나와 그의 주변을 악취로 물들였다.

그리고 정수리에서는 검붉은 피가 스멀스멀 배어나와 머리와 안면을 적셨다.

비록 몰골은 처참하게 변해 버렸지만 그의 몸은 서서히 그 구조를 바꾸어 나갔다.

뚜둑, 뚜둑!

'돼, 됐다!'

어긋났던 뼈가 다시 맞춰지면서 정상인에 버금할 정도로 몸이 회복되기 시작했다.

내장에 붙어 있던 어혈과 노폐물이 빠져나가고 끊어졌던 근육이 다시 붙어 신체를 재구성했다.

완벽하다고는 할 수 없지만 그의 몸에선 환골탈태가 일어나고 있었던 것이다.

약 10분간의 환골탈태가 마침내 끝이 나고 유하는 이제 새로운 사람으로 바뀌었다.

"사, 살았다."

안도의 한숨을 내쉰 유하는 그 즉시 눈을 감고 깊은 잠에 빠져들었다.

*　　　*　　　*

병원에 입원한 지 46일째.

유하는 식물인간 상태에서 정상인에 가까운 상태로 탈바꿈했다.

의사들은 그의 기적적인 회복 능력을 두고 신의 은총이라고 입을 모았고, 유하의 케이스를 학설화하는 대가로 병원비를 대폭 삭감해 주었다.

그가 병원을 나서는 날, 최종 퇴원 판정을 내린 주치의 명석환 교수는 감회가 새롭다는 표정을 지었다.

"제가 이 업계에 종사한 지도 어언 25년입니다. 스무 살 어린 나이에 의대에 입학해서 지금까지 수많은 케이스를 보아왔지요. 하지만 지금과 같은 기적은 처음입니다. 정말이지 뭐라 더 이상 할 말이 없네요."

"모두 선생님 덕분입니다."

명석환은 고개를 가로저었다.

"아닙니다. 저희야말로 식물인간 판정을 받은 사람들에게 희망을 줄 수 있는 연구를 진행할 수 있게 되어 영광입니다."

의료보험을 적용받은 상태에서 병원 측의 병원비 삭감 덕분에 유하는 경제적 어려움을 조금이나마 덜 수 있었다.

그는 진심으로 의사에게 고개를 숙였다.

"아무쪼록 저희 남매에게 도움을 주셔서 감사드립니다. 이 은혜, 꼭 잊지 않겠습니다."

"하하, 별말씀을요. 앞으로 이 세상에 도움이 되는 사람이 되기를 바랍니다."

"감사합니다."

엄연히 말하자면 유하는 자신의 힘으로 이 병원을 나설 수 있을 정도로 회복한 것이다.

하지만 병원비를 삭감하는 등의 도움을 준 명석환을 절대 잊지 않을 것이다.

유하가 병원을 나서는 날, 유채와 유나는 그나마 없는 돈을 모으고 모아서 삼겹살 파티를 준비했다.

영천면에 있는 정육점에 들어선 유채는 꼬깃꼬깃한 천 원짜리 지폐 열 장을 꺼내어 주인에게 내밀었다.

"삼겹살 만 원어치만 주세요."

"국산하고 수입산이 있는데, 어떻게 할까?"

"국산……."

오빠에게 좋은 고기를 먹이고 싶다는 마음에 국내산 돼지고기를 사려던 그녀를 유하가 가로막았다.

"수입산 주세요."

"벨기에산이 저렴하고 맛있어. 스페인산도 괜찮고."

"스페인산으로 주세요."

"그래, 알았다."

스페인 돼지고기는 벨기에산보다 값이 싼 대신에 조금 퍽퍽한 감이 있다.

그러나 고기에 함유된 지방이 적기 때문에 건강을 생각한다면 벨기에산보다는 스페인산이 나을 것이다.

하지만 그녀가 보기엔 거기서 거기인 수입산이다.

"아무리 우리가 돈이 궁해도 그렇지, 오빠가 퇴원했는데 수입산은 좀……."

"뭐 어때? 양만 많으면 장땡 아니야? 위장에 들어가면 그게 그건데."

"그건 그렇지만……."

두 사람이 고기에 대한 자신의 지론을 늘어놓고 있는데, 유나가 어디에선가 나타나 외친다.

"오빠! 언니!"

"유나야, 어디 갔다가 오는 거야?"

"짠!"

그녀는 양손에 상추와 버섯, 고추 등을 가득 들고 있었다.

"이게 다 웬 거야?"

"응, 내 친구네 집에서 얻어왔어! 오빠가 퇴원했다고 하니까 아주 바리바리 싸주더라고. 알지, 내 친구 영주?"

"아아, 그렇구나."

영주는 유하도 익히 잘 알고 있는 유나의 소꿉친구다.

"뭐, 이런 것을 다……."

"아무튼 준 것이니까 맛있게 먹자! 오케이?"

"그래, 고맙다고 전해줘."

고기를 얇게 썰어 검은색 비닐봉지에 담은 유하는 양팔에 두 여동생을 끼고 집으로 향했다.

"가자! 오늘은 삼겹살 파티다!"

"아싸!"

한없이 소박하고 소소한 파티이지만 세 남매는 더없이 행복한 미소를 지었다.

＊　　　＊　　　＊

　　이른 아침, 유하는 집을 나섰다.

　　부아아아아앙!

　　시장에서 10만 원 주고 산 110cc 오토바이를 타고 염전으로 나가는 유하의 손에는 도시락이 들려 있었다.

　　그는 오늘 염전이 무사한지 점검해 보고 다시 소금을 생산할 예정이다.

　　그리고 염전이 정상적으로 돌아가게 되면 마을 선착장에 정박시켜 둔 어선을 이끌고 조업을 나갈 것이다.

　　이 모든 과정이 결코 쉽지는 않을 테지만, 지금까지 뚝심 하나로 버텨온 유하다.

　　더 이상 못할 것이 없었다.

　　약 15분가량을 달려 도착한 염전은 유하의 넋을 놓게 만들었다.

　　"이, 이건······."

　　총 5만 평의 염전과 3만 평의 저수지는 태풍으로 인해 더 이상 가동이 불가능한 상태에 놓여 있었던 것이다.

저수지는 전부 다 헤집어져 형태를 찾아볼 수 없었으며, 증발지의 둑이 전부 다 무너져 버렸다.

한마디로 올해 소금 농사는 거의 망하기 직전에 놓여 있었다.

유하는 염전 창고 앞에 오토바이를 세워놓고 저수지와 수로를 확인해 보았다.

"…심각하군."

조수간만의 차로 인해 생기는 바닷물의 높낮이를 이용하여 물을 끌어와 천일염을 만드는 방식은 수해에 상당히 약했다.

저수지에 가두어놓은 물은 무려 한 달 동안이나 해풍을 맞으며 서서히 소금으로 변하기 가장 좋은 상태가 된다.

이것을 간수라고 부르는데, 이 간수를 어떻게 관리하느냐에 따라 소금의 질이 결정된다고 할 수 있다.

그런데 그 간수에 빗물이 죄다 고여 버렸고, 그로 인하여 저수지 바닥에 석회가 침전되어 딱딱하게 굳어 결정을 이루었다.

바닷물에 섞여 있는 불순물의 일종인 석회는 소금의 순도를 떨어뜨리기 때문에 반드시 제거해야 했다.

한데 한 해 소금 농사를 모두 망치는 석회가 비단 저수지만 더럽힌 것이 아니었다.

저수지를 시작으로 온 염전 바닥에 석회가 가득 차 당장은 염전을 일굴 수 없을 정도였다.

"쉽지 않겠군."

처음부터 쉽게 염전 일을 시작할 수 있으리라곤 전혀 생각지 않았다.

유하는 가장 기본적이면서도 중요한 일부터 처리하기로 했다.

*　　　*　　　*

염전을 이루고 있는 모든 것은 인체에 유해한 성분이 들어가선 안 된다.

그렇기 때문에 둑을 쌓을 때에도 오로지 산에서 돌을 캐어다 흙과 자갈을 함께 쌓아야 한다.

유하는 인근 야산의 산등성이에서 돌과 자갈을 캐다 나르기로 했다.

퍽퍽퍽퍽!

곡괭이를 들고 산비탈을 깎아 내려간 유하는 이내 적당한 크기의 돌을 발견해 냈다.

이 부근의 지층을 한 꺼풀 정도 걷어내고 나면 둑을 쌓기에 충분한 양을 채취할 수 있을 것 같았다.

하지만 문제는 이것을 채취하여 염전까지 옮기는 것은 결코 쉬운 일이 아니었다.

이 문제를 해결하기 아주 좋은 방법이 있었으니 그것은 바로 장승과 도깨비를 이용하는 것이었다.

유하는 집에서 만들어온 작은 장승들을 꺼내어 산등성이 이곳저곳에 박아 넣었다.

뚝딱뚝딱!

괴기한 얼굴과 표정, 도저히 사람이라고 보이지 않는 장승들이다.

이러한 장승에는 도술사들의 고대 언어인 만어가 빼곡히 적혀 있었는데, 이것을 두고 도술사들은 도력진이라고 불렀다.

이 도력진에 도술사가 만들어낸 부적을 붙여놓으면 비로소 도력진이 유기적으로 도력을 내뿜게 된다.

도력진이 활성화된 장승은 일정한 구간에 도력의 파동을 만들어내어 만어가 새겨진 물건을 도깨비화시킨다.

도력으로 만들어낸 일회용 영혼이 깃든 물건들은 술자가 시키는 대로 움직여 명령을 수행하게 된다.

이렇게 잡다한 물건에 깃든 영혼을 통틀어 도깨비불이라고 부르며, 그 물건 역시 그와 같이 통칭한다.

이 장승과 도깨비불의 조합은 술자의 도력에 비례하여 작용 범위와 크기를 결정한다.

한마디로 실력이 없는 도술사가 만들어낸 장승의 작용 범위와 도깨비불의 크기는 쥐꼬리만 할 수밖에 없었다.

유하의 도력은 아직 미미한 수준이기 때문에 그 범위와 크기가 작을 수밖에 없었다.

하지만 이렇게 미약한 힘이나마 유하에게는 큰 힘이 될 것이다.

주머니에서 부적을 꺼낸 유하는 단전에서부터 끌어 올린 도환을 소환해 냈다.

우웅, 우웅!

푸른색 알갱이처럼 생긴 도환을 끄집어낸 유하는 그것을 부적에 단단히 붙였다.

그러자 도환이 서서히 부적에 녹아들면서 푸른 불꽃을 뿜어내기 시작했다.

화르르르륵!

부적은 불꽃과 함께 그 형상과 만어를 유지한다.

"보자."

도력진은 만어와 주술을 형상화시키는 역할을 하며 부적은 도환이 가진 도력을 도력진에 공급하는 일을 한다.

한마디로 도력진이 기계라면 부적은 연료가 되는 셈이다.

유하는 도력진이 새겨진 장승에 차례대로 부적을 붙여 생명을 불어넣었다.

우우우웅, 끼리리리릭!

도력진에 도기가 붙으면서 장승의 괴기스러운 얼굴에 밝은 빛이 서리기 시작했다.

─꺼윽, 꺼윽.

장승은 요상한 소리를 내뱉으며 사방으로 도력의 결계를 만들어냈다.

이제 유하가 자신이 사용할 물건에 만어를 새겨 활성화시키면 하나의 작은 공장이 완성된다.

사각사각.

유하는 작은 수레에 만어를 새겨 넣은 후 산비탈 아래까지 흰색 선을 그었다.

아무리 영혼이 달라붙은 수레라곤 하지만 유하의 도력이 터무니없이 약하기 때문에 그 지능은 거의 지렁이 수준이다.

그렇기 때문에 만어로 흰색 선을 따라다닌다는 주술을 적어 넣어 그 명령에 따르도록 한 것이다.

유하가 만어를 완성하자 수레에 도깨비불이 강림한다.

화르르륵!

─우헤헤헤헤!

"작업을 시작해라."

─우히히히히히!

"…적당히 좀 웃고."

―우히히.

일반인의 귀에는 들리지 않지만, 도깨비들은 항상 저렇게 희한하게 웃으며 돌아다닌다.

놈들의 지능이 높던 낮던 무조건 특유의 웃음을 짓고 다니는데, 그 이유는 도술사인 유하도 정확히 알지 못했다.

유하가 캐낸 돌을 수레에 올리자 약 열 대의 작은 수레가 산비탈의 언덕을 내려가 물건을 내려놓고 다시 올라오기를 반복했다.

"한결 편하군."

이제 한두 시간 정도면 작업을 모두 마무리할 수 있을 것이다.

*　　　*　　　*

돌을 채취하는 것은 도깨비불에게 맡긴다고 쳐도 그것을 옮기고 심는 것은 오로지 유하의 몫이다.

이 무지막지한 작업을 시작하기 전, 유하는 먼저 바닥의 석회를 모두 긁어내기로 했다.

석회를 긁어내는 작업은 우선 저수지와 염전에 가득 찬 빗물을 빼내는 작업이 선행되어야 한다.

유하가 살아가고 있는 영천면은 목포 앞바다와 영천강이

만나는 영천만의 중간에 위치하고 있다.

염전은 목포 앞바다에서 흘러온 영천만의 바닷물을 가두고 둑을 쌓아 만들어졌다.

그렇기 때문에 빗물을 완벽히 빼내려면 저수지의 둑을 터뜨리고 물을 전부 다 빼내었다가 막고 다시 터뜨렸다 막는 작업을 반복해야 한다.

쿵쿵쿵쿵!

예전 같으면 도력으로 아주 손쉽게 물을 빼내고 받았을 유하지만, 지금은 초급 도술사보다 못한 능력을 가지고 있다.

당연히 하나부터 열까지 모든 것을 수작업으로 진행할 수밖에 없다.

해머로 둑을 부수자 저수지에 가득 차 있던 빗물과 불순물이 골을 따라 흘러나갔다.

�솨아아아아아!

유하는 그 광경을 바라보며 복잡 미묘한 미소를 지었다.

"…속이 시원하긴 하군."

빗물과 불순물을 빼내긴 했지만 힘든 작업은 아직 시작도 하지 못했다.

이제 그는 무게 180㎏의 롤러를 혼자 힘으로 굴려 바닥에 붙은 석회를 부수어야 한다.

하지만 이 작업은 혼자의 힘이라고 할 수도 있고 그렇지 않다고 할 수도 있다.

유하의 곁에는 이제 장승들과 도깨비불이 있기 때문이다.

그는 염전 바닥에 장승들을 박고 그 위에 부적을 붙여 도력을 활성화시켰다.

그리곤 롤러의 바퀴에 나무로 된 체인을 감고 그 위에 만어를 새겨 넣어 유하가 롤러를 굴리는 데 힘을 보태도록 했다.

끼릭, 끼릭.

"끄응!"

아무리 장승이 힘을 보태준다곤 해도 아침나절에 너무 많은 수레를 굴리는 바람에 도력이 얼마 남지 않았다.

"허억허억!"

뙤약볕에 나와 수레를 굴리고 있자니 아주 죽을 맛이었다.

불과 30분도 채 되지 않아 바닥에 털썩 주저앉고 만 유하는 이내 등허리에 차고 있던 물통을 꺼내 들었다.

"꿀꺽꿀꺽!"

이 물통에는 아주 작은 만어가 새겨져 있어 도력진의 영향권에 들면 차가운 물을 공급하는 기능이 있다.

하지만 문제는 생수가 다 떨어지면 도깨비가 알아서 물을 만들어낸다는 것이다.

"푸후웁!"

이번에 도깨비가 만들어낸 물은 오크통에서 10년 동안 숙성된 막걸리였다.

그 곰삭은 맛이 유하의 입안 가득히 퍼져 어질어질한 취기를 만들어냈다.

―우헤헤헤!

"이런 빌어먹을!"

유하는 물통에 새겨두었던 만어를 지워내려 손을 뻗었다.

―우헤헤, 우헤헤!

다급한 녀석의 외침이 들려왔지만 한 번 당한 꼴을 두 번 당할 리가 없는 유하다.

"자비란 없다."

그는 칼로 물통에 새겨진 만어를 모두 지워 버렸고, 그 안에 깃들어 있던 도깨비불은 한 점의 재가 되어 사라지고 말았다.

―우헤에에!

물이 없으면 일을 할 수 없는 법.

유하는 어쩔 수 없이 인근 수돗가로 가서 조금 미적지근한 지하수를 받아 마셨다.

*   *   *

만 하루를 꼬박 일해서 제거한 석회의 양은 유하가 생각한 것 이상으로 많았다.

이 많은 석회를 수거해서 버리는 것 또한 한 나절 정도 걸릴 것으로 보였다.

"후우, 정말 쉽지가 않군."

이제 남은 작업은 내일로 미루고 집으로 돌아갈 시간이다.

끼릭, 부웅!

오토바이에 시동을 걸던 유하는 일전에 빗물이 가득 고여 있던 수로 인근에서 뭔가 팔딱거리는 소리가 들리는 것을 느꼈다.

촤락, 파닥!

"으음?"

도력으로 인해 오감이 발달한 유하에게는 아주 작은 소리까지 자세하게 들려온다.

하지만 아직까지 방향 감각이 제대로 발달하지 못해서 어디서 소리가 들리는 것인지는 알 수가 없었다.

저녁 7시, 어둠이 내린 논두렁은 그저 아무것도 보이지 않는 암흑천지나 다름없다.

유하는 그곳을 헤치고 걸어가 플래시를 켰다.

딸깍!

그러자 주변이 환하게 밝아지며 논두렁을 헤엄쳐 다니는 붕장어, 일명 아나고가 서너 마리쯤 눈에 들어왔다.

"오호라, 안 그래도 저녁으로 뭘 먹을까 고민했는데 잘되었군."

살이 오동통하게 오른 붕장어는 뼈째 잘라서 회로 먹어도 좋지만 가죽을 벗겨내고 숯불에 구워 먹어도 별미다.

병약한 막내를 위해 이따금 잡아오던 붕장어이지만 요즘은 먹고살기가 빠듯해서 통 못 먹인 것이 마음에 걸리던 유하다.

그는 오늘 무척이나 힘든 하루를 보냈지만 그동안 고생했을 동생들을 생각하면 편히 쉴 수가 없었다.

유하는 네 마리의 붕장어를 잡아 집으로 향했다.

머리에 못을 박아 고정시킨 붕장어는 머리에 칼집을 내어 껍질만 벗겨내어 먹으면 된다.

내장을 제거하고 난 후의 붕장어는 비린내가 나지 않기 때문에 구이나 횟감으로 안성맞춤이다.

오늘은 유하가 피땀 흘려 만든 소금으로 간을 한 붕장어 소금구이가 저녁 메뉴로 결정되었다.

참나무를 직접 구워 만든 수제 참숯은 붕장어의 감칠맛을 더해줄 것이다.

치지지지직!

노릇노릇하게 구워지는 붕장어 아래에 쿠킹호일로 감싼

감자와 고구마를 넣은 유하는 일사불란하게 식사를 준비했다.

숯불 위의 붕장어를 뒤집고 자르고 감자와 고구마를 숯불 안으로 깊숙이 밀어 넣으며 요리를 완성해 나갔다.

그러는 동안 그의 동생들은 밥상을 차려 나머지 식사를 준비했다.

잠시 후, 장어가 다 구워지고 저녁상이 완성되었다.

"자, 다 됐다."

"와아아!"

"잘 먹겠습니다!"

"많이 먹어라."

유나는 어려서부터 유하가 주는 것이라면 무엇이든 맛있게 먹었다.

워낙 명랑한 성격 탓에 몸이 힘들어도 내색하지 않으며 불만이 있어도 잘 표현하지 못했다.

유하는 그런 유나가 참으로 안쓰러웠다.

아마도 그녀는 가세가 기울었다는 것을 본능적으로 깨닫고 유하를 아버지처럼 따르는 것일 게다.

부모님의 따뜻한 온정을 느끼지 못하고 자라난 유나가 가엾지만 유하가 그 아픔을 온전히 보듬어줄 수는 없었다.

다만 언젠가 그녀의 반쪽이 나타나 유나를 행복하게 해주었으면 하는 바람을 가져볼 뿐이다.

넋을 놓고 유나를 바라보고 있던 유하에게 유채가 말을 건다.

"오빠는 안 먹어?"

"응, 너 많이 먹어."

"그래도 잡아온 사람이 안 먹으면 쓰나? 자, 먹어."

유채는 유하의 밥그릇에 반찬가지를 덜어주며 먹게 했다.

이럴 때 보면 꼭 유채는 도망가기 전 어머니를 보는 것 같은 착각이 든다.

아무리 개차반 집안이라도 화목한 시절이 있게 마련이다.

그는 그때로 돌아갈 수만 있다면 억만금을 주어도 아깝지 않다고 생각했다.

'그래, 내가 노력하면 다시 행복해질 수 있다.'

결국 어머니가 도망가고 아버지가 돌아오지 않은 것도 전부 다 돈 때문이다.

돈이 행복의 전부는 아니지만 적어도 금전적인 문제로 고생은 하지 않을 것이다.

유하는 더 이상 돈 때문에 가족을 잃지 않겠다고 다짐했다.

제3장
천릿길도 한 걸음부터

저수지와 수로를 비롯한 해수저장시설 바닥에 붙은 석회를 모두 긁어낸 유하는 본격적으로 염전을 수리했다.

염전은 바둑판 모양으로 생긴 소금밭이 계단식으로 나열되어 있는데, 이것을 두고 증발지라고 부른다.

언뜻 보면 그저 기다란 지평선처럼 보이는 염전이지만 아주 미세하게 경사가 져 있다.

이 경사를 따라 바닷물이 위에서 아래로, 소금기가 옅은 쪽에서 짙은 쪽으로 흐르도록 설계되어 있다.

이런 증발지의 중간중간에는 수로가 나 있어 바닷물을 유입시키고 배출시키는 역할을 한다.

저수지에서 바닷물을 끌어와 증발지에 가두고 서너 번 이동을 거치면서 소금 결정이 형성된다.

오로지 자연 해풍과 태양열로 바닷물을 건조시켜 천연소금을 얻는 것이 바로 천일염전이다.

천일염전은 극한 직업이라고 불릴 정도로 고되고 지루한 싸움의 연속이다.

보통 한 개의 증발지에서 또 다른 증발지로 물이 옮겨가는 데 걸리는 시간이 4~5일, 소금을 결정지에서 얻어내는 총 소요 시간은 10~15일 정도다.

여기에 간수를 만드는 시간 한 달과 자연 건조시킨 소금 결정을 창고에서 다시 자연 건조시키는 데 2~3일이 소요된다.

그러니 소금을 얻는 데 걸리는 시간은 적어도 한 달 하고도 보름이 걸리는 대장정인 셈이다.

이토록 복잡하고도 지루한 천일염전이지만 기초가 탄탄하지 않으면 말짱 허사다.

유하는 염전 바닥에 쌓인 석회를 걷어내고 난 후 엉망이 되어버린 바닥을 정비했다.

저수지와 수로는 돌과 나무로 되어 있지만 증발지와 결정지의 바닥은 모두 옹기나 타일로 되어 있다.

원래 모든 천일염전의 바닥은 옹기로 제작이 되어 있는데,

이것은 꽤 오랜 세월을 거쳐 완성된 것이다.

물을 증발시켜 소금을 얻어내는 방식의 천일염전은 증발이 잘될수록 양질의 소금을 얻을 수 있다.

그렇기 때문에 물을 가두어 증발시키는 조건이 가장 잘 충족되어야 한다는 소리다.

적당한 해풍과 바닷물의 높낮이도 중요하지만 일조량과 건조 조건이 제대로 충족되지 않으면 소금을 얻을 수 없다.

때문에 증발지와 결정지의 바닥은 열을 가장 잘 받아 물을 증발시킬 수 있는 옹기로 제작되었다.

또한 이것은 옹기에서 뿜어져 나오는 좋은 기운이 소금에 깃들어 조금 더 양질의 소금 결정을 얻길 바라는 선조들의 마음이 담겨져 있다.

하지만 최근에는 옹기 자체가 상당히 비싼 물건이 되어버렸기 때문에 바닥을 타일로 대체하는 경우가 많았다.

유하는 둑이 무너지면서 금이 가버린 두 개의 증발지와 결정지 바닥에 타일을 깔았다.

그리고 그 위를 바닷물로 세척한 후에 공사용 측량 추와 수평계를 이용하여 다시 경사를 잡았다.

이 경사면이 너무 가파르거나 낮으면 물이 제대로 흐르지 않을 수 있었다.

천일염전은 바닷물을 자연 건조시키는 방식이기 때문에

물이 너무 빨리 흐르면 좋은 소금을 얻을 수 없었다.

그 때문에 유하는 지금 심혈을 기울여 작업을 진행하고 있다.

유하는 이 부근으로 불어오는 바람을 완벽하게 차단하기 위해서 아주 작은 구름인 현운을 소환했다.

구름의 새싹쯤 되는 이 현운은 작은 개체가 모여 날씨를 조정하기도 한다. 하지만 그것은 아주 고강한 도력이 있어야 가능하다.

지금은 기껏해야 아주 작은 반경의 바람을 다루고 비를 내리는 정도의 역할을 할 수 있다.

현운은 구름의 결정을 이용해 사람을 태우고 날 수도 있기 때문에 도사들에게 있어선 없어선 안 될 필수품으로 꼽혔다.

유하는 단전에 모여 있는 도환 중 하나를 끄집어내 부적과 함께 하늘로 집어 던졌다.

팟!

하늘 높은 곳까지 올라간 도환은 부적과 함께 불타오르더니 이내 작은 천둥번개를 만들어냈다.

우르릉, 쾅!

그 작은 천둥번개 속에서 직경 2미터가량의 파란색 구름이 생성되어 유하의 앞으로 달려왔다.

쐐애애앵!

아주 빠른 속도로 유하에게 날아온 현운이 그의 주변을 부유한다.

"역풍을 불어 바람을 차단해라."

현운은 엉덩이로 추정되는 부분에서 푸른색 연기를 뿜어내며 하늘 높이 날아올랐다.

그리곤 바람을 일으켜 염전 부근의 바람을 아주 천천히 밀어냈다.

바람이 구름을 밀어내는 것이 정상이지만, 현운은 거대한 풍랑의 씨앗이 되기도 하는 영수다.

영수는 자연현상을 반전시키기 위해 만들어진 것, 가끔은 아주 작은 역류현상이 일어나기도 한다.

휘이이이잉!

현운이 역풍을 만들어내 바람의 방향을 바꾸는 것은 아주 좁은 공간 내에서 가능한 일이며, 그 넓이는 딱 증발지 하나의 크기다.

이것으로 무엇을 도모하기엔 역부족이지만 유하가 증발지를 수리하는 데엔 이보다 더 좋은 조건이 없었다.

그는 현운 덕분에 공사용 측량 추와 수평계를 이용해 안정적인 경사면을 완성할 수 있었다.

*   *   *

증발지의 둑이 무너진 것은 생각보다 큰일이다.

수로와 수레가 지나다니는 작은 레일로 된 둑이 무너져 내리면 이 사각의 틀을 아예 처음부터 다져야 한다는 소리였다.

그러니 한번 태풍 피해를 입으면 적어도 일주일 내내 고생하게 마련이다.

만약 유하가 병원에 입원하지 않았다면 당연히 태풍 피해에 대비하여 둑에 무슨 대처라도 해두었을 것이다.

하지만 부업에 동생까지 돌보면서 유하를 간호하던 유채가 이 모든 것을 해내는 것은 불가능했다.

지금까지 염전은 유하 혼자서 돌보아왔기 때문이다.

일이야 어찌 되었든 지금은 스스로 염전을 일구는 것이 최선이었다.

가장 먼저 유하는 돌과 자갈로 둑을 쌓고 그 위에 겹겹이 고무 등을 덧대어 적당한 턱을 만들었다.

그리고 그 위에 수로를 깔고 나무로 만든 좁은 레일을 만들어 고정시켰다.

뚝딱뚝딱!

망치와 못으로 고정시켜 만든 수로와 레일의 중간에는 수, 배송용 펌프가 설치되어 물을 끌어 올리고 빼내도록 했다.

벌써 나흘째 작업하고 있지만 이제 절반쯤 수리한 것 같다.

"쉽지 않군."

아무리 장승과 도깨비불의 힘을 빌린다곤 해도 수작업의 대부분은 유하 담당이다.

때문에 갖은 노력을 해도 작업은 쉽사리 끝날 생각을 하지 않았다.

잠시 자리에 앉은 유하는 현운이 만들어낸 바람을 맞으며 휴식을 취했다.

휘이잉!

"시원하구나."

유하의 칭찬에 기분이 좋아진 현운이 그의 뒤로 납작 엎드렸다.

녀석은 유하에게 이 고된 노동을 버틸 수 있도록 편안한 휴식처를 마련해 주려는 것이다.

"그래, 고맙다. 그럼 잠시 쉬었다 할까?"

그는 현운이 만든 자리에 벌러덩 누웠고, 녀석은 자신의 일부를 떼어내 작은 먹구름을 만들었다.

꼬마 구름이 만든 차양 막과 푹신푹신한 침대는 꽤나 안락하고 편안해서 잠이 절로 왔다.

쏴아아아아!

여기에 적당한 바람까지 불어와 유하의 땀을 식혀주니 한여름엔 이만한 피서가 없을 터이다.

유하는 잠시 누워 잠을 청했다.

*   *   *

이른 새벽, 유하는 집 마당에 주차해 놓은 트럭의 엔진을 손보고 그 특장 칸에 수족관과 물탱크를 얹었다.

그렇게 많은 양을 담을 수는 없지만 유하의 수족관에는 그날 조업한 물고기와 바닷물을 담을 수 있었다.

유하는 물탱크와 수족관 안을 깔끔하게 닦고 바닷물로 일일이 구석구석 세척했다.

슥삭슥삭!

이 작업 또한 만만치 않았다. 유하가 와병 생활을 하는 동안 수족관에 찌든 때가 많이 끼었기 때문이다.

가까운 바다에서 조업해서 직판장까지 이동해 물고기를 판매하는 유하에게 수족관은 생명과도 같았다.

비록 염전과 함께 겸업하지만 이 어업으로 유하는 지금까지 가족들의 생계와 막내의 약값까지 책임져 왔다.

약 한 시간의 작업이 끝나고 난 후, 유하는 곧장 영천만으로 차를 몰았다.

부아아아앙!

유하는 어려서부터 배를 타면서 배의 엔진을 비롯한 동력기의 구조를 파악하고 그것을 정비하는 기술을 배웠다.

바다에서 오래 생활하다 보면 동력장치가 고장 나는 경우가 종종 발생하는데, 이때 응급처치를 잘못하면 엔진 자체가 먹통이 될 수도 있었다.

엔진이 꺼진다는 것은 바다 한가운데에서 길을 잃는 셈이니 유하는 생존을 위해 기술을 터득한 것이다.

이제는 자동차의 디젤관까지 손볼 정도로 기술이 좋아져 집에 있는 대부분의 기계를 손볼 정도가 되었다.

비록 20년이 넘게 지난 트럭이지만, 지금까지 그를 따라 도로를 잘 달려주고 있는 녀석이다.

대부분의 물건이 적게는 10년, 많게는 20년의 세월이 지났지만 아직까지 생생하게 달릴 수 있는 이유는 모두 유하의 노력 덕분이다.

약 20분간 차를 달려 도착한 영천만에서 유하는 동료 어부들과 마주했다.

"어이, 유하!"

"오랜만입니다."

"이 친구, 아프다더니 어떻게 된 거야? 벌써 조업을 해도 괜찮아?"

"물론이지요."

"쉬어가면서 해. 어부는 몸이 재산이야."

"말씀 감사합니다."

이곳에서 일하는 배는 모두 열 척, 그중에는 멀리 명태를 잡으러 가는 배도 있고 가까운 연안에서 꽃게나 민어를 잡는 배도 있었다.

요즘은 한창 민어가 많이 올라오는 철이라 가까운 바다에서 조업하는 배가 많았다.

특히나 이곳 목포 일대의 연안은 민어가 많이 몰리기 때문에 바쁘게 움직여야 만선해 돌아올 수 있었다.

각각의 선박은 5~10명의 선원으로 구성되지만 유하는 그렇지 못하다.

염전과 어업을 겸업해야 하는 유하의 특성상 오래도록 바다에 머물 수가 없기 때문이다.

바다에 도착한 유하는 선박의 수조탱크에 들어가 세척을 시작했다.

슥삭슥삭!

남들보다 훨씬 일찍 일어났지만 여전히 할 일은 태산이다.

오래도록 방치되었던 물탱크를 청소하고 내륙에서 가지고 온 어항을 배에 실어야 하기 때문이다.

그렇게 약 한 시간가량의 작업을 끝내고 나니 얼추 남들과 비슷한 시간에 출항할 수 있게 되었다.

그는 어선 뒤에 제트스키를 매달고 바다로 나갔다.

드르륵, 부아아아아앙!

4톤짜리 어선 한 대를 보유하고 있는 유하이지만 선원은 모집하지 않았다.

선원 없이 바다에 나간다는 것은 상당히 위험하고도 부담 되는 일이지만 별수 없다.

혼자서 바다에 고립되면 도저히 답이 없지만, 사람들과 함 께 조업하면 그의 개인사정을 돌볼 수가 없었다.

그 때문에 유하는 부담이 되어도 혼자서 조업할 수밖에 없 었다.

유하의 아버지가 보유하고 있던 어선 중 가장 작은 어선 한 척이 그나마 융자를 낀 채 남아 있었는데, 원래는 이 어선으 로 동네 주민들과 함께 조업했다.

하지만 어선 한 척으로 생계를 유지하기 힘들다고 판단한 유하는 어선을 혼자서 몰아 고기를 잡는 1인 조업 체제를 선 택할 수밖에 없었다.

그러나 혼자서 조업과 염전을 모두 관리하기엔 상당히 벅 찬 것이 사실이다.

그물을 던져놓고 기다리는 동안 염전에 무슨 일이라도 생 기면 큰일이 나기 때문이다.

이에 유하는 한 가지 묘책을 생각해 냈다. 그것이 바로 제 트스키다.

거의 고물이나 다름없는 제트스키를 구매해서 유하가 직접 부품을 공수하고 수리까지 마쳐 연안을 오갈 수 있도록 만들었다.

아주 먼 바다로 나간다면 몰라도 가까운 연안을 오가는 정도로 사용하기엔 무리가 없는 것이 바로 제트스키다.

덕분에 유하는 그물을 던져놓고 염전과 바다를 가끔씩 오가면서 조업할 수 있었다.

뱃일과 염전, 모두 억세긴 마찬가지이지만 유하는 이 억척스러운 두 가지 직업을 겸할 수밖에 없었다.

한 가지 일에 집중하기엔 유하의 집안 사정이 너무나 좋지 않았다.

때문에 그는 바다와 육지를 오가며 거의 살인적인 스케줄을 감당할 수밖에 없었다.

유하가 모는 배가 출발하고, 그의 주변으로 파도가 몰려든다.

솨아아아아아!

오랜만에 배에 오른 유하는 기분이 상쾌했다.

"좋군."

바닷사람은 바다에서 해풍을 맞으며 살아야 한다고 배워 온 유하다.

어려서는 도대체 이런 막노동을 왜 하는지 이해할 수 없던 유하이지만, 이젠 그 뜻을 조금은 알 것도 같다.

잠시 후, 유하는 조업하기 알맞은 구역에 도착해 그물을 펼 준비를 서둘렀다.

사람들은 저마다 물고기가 잘 잡히는 구역 하나씩은 가지고 있게 마련이다.

유하 역시 10년 넘게 바다를 오간 사람이기에 바다 위에 표시되지 않은 자신만의 어장을 가지고 있다.

그는 전동식 도르래에 그물을 걸고 조류를 따라 투망을 시작했다.

끼릭끼릭.

하지만 그물을 거의 다 쳐갈 때쯤 바다 상태가 급변했다.

휘이이잉, 좌락!

"젠장, 바람이⋯⋯!"

요즘은 연안에서 민어를 잡는 어선이 많은데, 바람이 불면 민어를 잡기 어려워진다.

민어는 ㎏당 2만 원을 호가하는 생선이기에 유하가 잡는 어종 중 가장 몸값이 높았다.

하지만 민어는 바람이 심하게 불면 물속에서 꼼짝하지 않기 때문에 풍랑이 이는 날엔 조업을 망칠 수도 있었다.

그러나 여기서 포기할 유하가 아니었다.

"현운!"

이윽고 유하는 바다 위에 부표를 던지고 그 위에 작은 장승들을 설치했다.

이제 이곳에서부터 도력이 뿜어져 나와 현운의 크기를 일시적으로 키워주게 될 것이다.

우웅, 우우우웅!

직경 2미터의 현운은 순식간에 다섯 배까지 커졌고, 유하가 던진 그물 주변을 돌아다니며 역풍을 생성했다.

덕분에 아주 잠시지만 바다가 잠잠해져 민어가 올라올 수 있는 여건을 만들었다.

"잘될지는 모르겠군."

이제부터는 그야말로 하늘의 뜻에 맡기는 수밖에 없었다.

*   *   *

아침나절에 그물을 던져놓은 유하는 다시 염전에 들러 간수의 상태를 확인하고 곧장 바다로 돌아왔다.

그물의 상태를 확인하고 바람이 부는 정도를 가늠하여 어업의 종료 시점을 잡는 것이 가장 중요했다.

유하는 일기예보와 자신의 경험에 따라 저녁이 되기 직전에 그물을 걷어 올리기로 했다.

끼릭끼릭!

장승을 매달아두었던 부표를 거둬들인 유하는 그것들을 다시 배의 사각지대에 설치했다.

그리곤 선실에서 나무와 철로 만들어진 물레를 가지고 나왔다.

물레에는 만어가 새겨져 있어 장승의 영향을 받아 움직이게 된다.

이것은 선미 부근에 매달려 올라오는 그물을 자동적으로 펼치면서 유하의 조업을 돕게 될 것이다.

그렇게 되면 꽤나 까다로운 민어의 포장과 냉장 작업을 유하 혼자서 해결할 수 있다.

끼릭끼릭.

계속해서 올라오는 그물을 바라보는 유하의 표정이 좋지 못하다.

"우럭에 도미……. 허탕인가?"

아무래도 오늘은 바람이 불어서 잡어만 올라오는 모양이다.

그물에서 물고기를 꺼내어 플라스틱 상자에 담은 유하는 오늘의 조업이 실패로 마무리될 것이라 생각했다.

하지만 그것도 잠시, 슬슬 물매기와 아귀 같은 심해 어종이 올라오기 시작했다.

"오호라, 사람이 아주 죽으라는 법은 없군."

재빨리 그물을 거두고 꼬이지 않게 접어나가던 유하는 드디어 첫 민어를 수확했다.

파닥파닥!

"옳지!"

크기 60㎝의 3~4년생 민어가 유하의 앞에 모습을 드러냈다.

민어 한 마리의 무게가 평균 3㎏ 정도 나가니까 이것을 잡아서 연안에 올라가면 꽤 짭짤한 돈을 받을 수 있을 터였다.

이윽고 연달아 올라오는 민어들, 유하는 기쁨에 환호성을 질렀다.

"이야, 씨알 한번 굵다!"

그는 민어를 잡자마자 아가미에 칼을 찔러 넣어 핏물을 뺐다.

촤락!

민어는 잡는 즉시 죽어버리는 어종이기 때문에 아가미를 통해 피를 빼내야 신선함을 유지할 수 있었다.

아가미에서 피를 빼낸 민어는 곧장 비닐봉지에 밀봉되어 포장되는데, 이것은 민어에서 흘러나온 피가 더 퍼져 나가지 못하도록 하기 위함이다.

이렇게 포장된 민어는 다시 어선 한편에 있는 냉장창고로 이동되어 보관한다.

정신없이 작업을 진행하던 유하는 이른 새벽이 되어서야

조업을 마칠 수 있었다.

"벌써 시간이 이렇게 되었군."

또 한 번 그물을 치기 전, 유하는 배에서 간단히 먹을 수 있는 식사를 준비했다.

오늘 잡은 잡어 중 적당한 크기의 물고기를 잡아 배를 가르고 회를 쳐 비빔밥을 만들었다.

육지에서 뜯어온 상추와 초고추장을 넣고 비벼 먹는 회덮밥은 그야말로 천하 일미다.

여기에 갓 잡은 성게 알을 곁들이면 금상첨화다.

"쩝쩝."

거대한 대접에 밥을 비빈 유하는 그 옆에 있는 대접에 소주를 따랐다.

그리곤 일순간에 넘겼다.

"꿀꺽꿀꺽! 크흐! 좋다!"

배 위에서 마시는 술이 위험하긴 하지만 조업에 술이 빠지면 도저히 하루를 버틸 수 없었다.

그나마 쪽잠을 자기 직전 그는 조금이라도 푹 자기 위해 술을 마시곤 했다.

이것이 바로 그가 고단한 하루를 버틸 수 있는 원동력이었다.

식사를 마친 유하는 곧장 선실로 들어가 석유난로에 몸을 녹이며 잠을 청했다.

*   *   *

도술을 부릴 수 없던 시절의 유하는 혼자서 이 힘든 일을 했다.

때론 하루가 너무나 힘들어 바다에 몸을 던지고 싶은 날도 있었지만, 그나마 수확의 기쁨을 맛보며 버틸 수 있었다.

새벽나절에 어시장 경매로 민어를 판매한 유하는 주머니가 두둑해져 뭍으로 돌아왔다.

그가 만 이틀을 꼬박 일해서 받은 돈은 약 30만 원, 혼자서 조업해서 번 돈치고는 꽤 짭짤한 금액이다.

하지만 물먹은 솜처럼 축 늘어진 몸을 이끌고 염전으로 향하는 발걸음은 무겁기만 했다.

"힘들군."

도력을 품은 유하가 이렇게 힘들 정도인데, 아무것도 없던 시절엔 도대체 어떻게 조업을 했는지 상상조차 할 수 없을 지경이다.

그는 염전으로 향하기 전, 잠시 길가에 앉아 해풍을 맞으며 명상에 잠겼다.

"후우."

이곳에는 병원보다 훨씬 풍부한 도력이 공기 중에 녹아 있기 때문에 단전에 쌓이는 도기의 양이 상당한 수준이다.

물론 단전의 크기가 작기 때문에 쌓아놓을 수 있는 도력이 별로 없다는 것이 문제이긴 했다.

그래도 이렇게 쌓아둔 도력을 일주천시키면 혈맥이 확장되고 단전은 조금 더 많은 도력을 수용할 수 있게 된다.

또한 단전호흡을 통하여 몸속에 쌓인 노폐물과 죽은피를 몰아내기 때문에 피로가 씻은 듯이 날아간다.

이를 통하여 유하는 도공을 단련하는 동시에 지친 심신을 달래주었다.

약 한 시간 후, 유하는 천천히 눈을 떴다.

"킁킁, 냄새가 지독하군."

아직도 몸에는 수많은 노폐물이 쌓여 있는데, 거기에 술을 마시니 당연히 악취가 뿜어져 나올 수밖에 없다.

그는 이내 자리에서 일어나 염전으로 향했다.

이젠 팔다리에 다시 힘이 붙어 움직일 수 있으니 충분히 소금을 수확할 수 있을 것이다.

염전에 도착한 유하는 가장 먼저 장승에 도력을 불어넣을 부적을 붙였다.

화르르륵!

부적이 불에 타면서 도력진이 다시 생기를 되찾는다.

도력진은 술자가 만든 활성화 부적이 가진 힘만큼만 유지된다.

때문에 지금 유하의 경우엔 반나절에 한 번씩 부적을 갈아주어야 이 작은 도력진이 힘을 받을 수 있었다.

더군다나 이 많은 장승에게 모두 힘을 불어넣자면 중간에 한 번쯤은 단전호흡을 해주어야 한다.

그래야 도력이 고갈되지 않고 버틸 수 있었다.

이 과정은 상당히 귀찮고 복잡하지만 유하의 작업량을 늘리는 데 큰 도움이 되며 혈맥과 단전을 크게 확장시킨다.

한마디로 일을 많이 하면 할수록 유하는 고강한 도력을 지니게 되는 셈이다.

그는 오늘도 정진하고 또 정진할 뿐이다.

*   *   *

늦은 밤, 유하는 염전의 간수를 확인해 보았다.

사그락사그락.

"으음, 이 정도면 되겠군."

이번 태풍으로 인해 염전 농사가 절반쯤은 망해 버렸지만 고온현상이 계속되면서 소금을 만들기엔 최적의 조건을 갖추게 되었다.

아마 내일부터는 본격적으로 간수를 증발지에 넣고 첫 작업에 나설 수 있을 것 같았다.

유하는 늦은 밤이 되어서야 집으로 돌아왔다.

늦은 시각이지만 두 자매는 유하를 기다리느라 밥도 먹지 않고 있었다.

"오빠 왔어?"

"밥은?"

"아직. 유나만 먹었어."

"먼저 먹지 왜 기다려?"

"그래도 오빠가 우리 집안 어른인데 기다려야지."

"참······."

유나는 원래 자기주장이 또렷한 아이가 아니라서 유하가 시키는 대로 말을 잘 들었다.

하지만 유채는 상당히 외골수라서 어지간해서는 유하의 말을 잘 듣지 않았다.

분명 같은 뱃속에서 나온 자매인데 어쩌면 저렇게도 성격이 정반대인지 모르겠다.

"그래, 내가 너를 어떻게 이기냐. 밥이나 먹자고."

"알겠어."

남매는 단출한 밥상 앞에 마주하고 앉았다.

오늘의 반찬은 삶은 양배추와 강된장, 바다에서 갓 잡아 만든 조개젓이다.

강된장에 조개젓을 넣고 쌈을 싸먹으면 다른 반찬은 필요 없을 정도로 감칠맛이 좋다.

유나는 두 사람의 곁에 앉아서 한 입씩 밥을 뺏어 먹었다.

"쩝쩝, 으음! 역시 언니 강된장은 짱이야!"

"방금 전에 밥 먹었다고 하지 않았어?"

"그래도 배가 고파."

"그래, 못 먹는 것보다는 낫지."

삼 남매 중 가장 키가 작은 유나는 어려서부터 몸이 약해 제대로 성장하지 못했다.

유하는 183㎝, 유채는 172㎝로 비교적 장신에 속한다. 양 친 역시 키가 꽤나 큰 편이라 동네에선 멀대 부부라고 불렸을 정도다.

하지만 유나는 150㎝를 간신히 넘을 정도로 단신이다.

그녀가 자라지 못한 것은 순전히 타고난 체격 조건 때문 이지만, 유하는 유나를 볼 때마다 미안한 마음이 먼저 들었 다.

마치 자신이 어려서 헛간살이를 시켜 이렇게 된 것만 같았 기 때문이다.

유하는 늦둥이의 머리를 쓰다듬으며 말했다.

"지금이라도 많이 먹어라. 또 아냐, 키가 쑥쑥 클지?"

"쳇, 그게 말이 돼?"

유하는 자신의 밥그릇에 수저를 얹은 그녀를 바라보며 말했다.

"미안하다. 오빠가 제대로 못 먹여서 그런 것 같아."

"지금 이 모습을 보고도 그런 소리가 나와? 난 다섯 살 때부터 오빠보다 훨씬 더 많이 먹었다고. 미안해할 필요 없어. 오히려 내가 너무 많이 먹어서 언니가 저렇게 비쩍 말라 버린 게 아닌가 싶은데."

"후후, 그건 아닐걸."

남매는 농담으로라도 서로를 원망하거나 지탄하지 않았다.

지금까지 이 세 사람이 한 번도 싸우지 않고 평탄하게 살아온 것은 바로 이런 성품 때문이었다.

아마 성질이 제각각 전부 다 더러웠다면 지금쯤 뿔뿔이 흩어져 살고 있을지도 몰랐다.

밥숟가락은 세 개인데 밥그릇은 두 개뿐인 이상한 밥상머리에 앉아 있는 가운데, 유나가 유하에게 물었다.

"그나저나 오빠, 이 젓갈 가지고 왔다는 공장 있잖아."

"김씨 할아버지네 말이야?"

"응, 거기에 아직도 소금 갖다 줘?"

"그렇지. 이제 곧 납품을 해주어야 새우젓이나 까나리 젓을 담글 수 있을걸."

"으음, 그럼 큰일이네."

"큰일이라니?"

"김씨 할아버지네 젓갈 공장이 곧 문을 닫을 것 같다고 하더라고."

"뭐? 그게 갑자기 무슨 뚱딴지같은 소리냐? 멀쩡하던 공장이 왜 문을 닫아?"

"그거야 나도 모르지. 나도 경자네 집에서 들은 얘기라서 잘은 몰라."

친구가 많은 유나는 여기저기서 동네 소식을 잘도 가지고 왔다.

아마도 누구의 집이 망했다는 정도의 소식이라면 아주 뜬소문은 아닐 것이다.

"…진짜 큰일이네. 그 집에 못 받은 돈이 좀 있는데 말이야."

"외상으로 물건 줬어?"

"몇 달 전부터 계속 외상으로 물건을 가져다 쓰셨어. 그 돈이 꽤 될걸."

"어머나!"

"참……."

안 그래도 어려운 살림에 돈까지 떼이면 큰일이다.

유하는 당장 날이 밝으면 김 노인이 운영하는 젓갈 공장으로 가볼 생각이다.

제4장
인지상정

　영천에는 일명 김 노인, 혹은 김가라고 불리는 사람이 살고
있다.

　본명은 김문규. 그는 6.25전쟁이 한창이던 시절 철원에서
목포로 피난 온 피난 2세대다.

　당시 전쟁에 참가할 수 없을 정도로 어렸기에 그는 인근 주
민들의 염전에서 품을 팔며 생계를 유지해 나갔다.

　그러다 아버지가 일찍 돌아가시고 나서는 염전에서 소금
을 떼다 젓갈을 담아서 시장에 내다 팔았다.

　당시에는 어업이 꽤나 성행했기 때문에 새우나 까나리 같은 품종을 아주 저렴한 가격에 구할 수 있었다.

그렇다고 젓갈 가격이 그렇게까지 낮은 편도 아니었기 때문에 김 노인은 꽤나 두둑한 돈을 만질 수 있었다.

하지만 세월이 점점 변하면서 50년을 이어온 젓갈 시장의 판도가 조금씩 바뀌었다.

원래는 영세한 사람들이 모여 토굴을 파고 소금물에 손을 담가가며 만들던 젓갈이 점점 기계화되기 시작한 것이다.

목포 일대의 염전을 사들여 간척하고 그 위에 건물을 올려 만들어진 공장들은 연안에서 들어오는 해산물로 가공식품을 만들었다.

품질이 좋은 것부터 나쁜 것까지 가리지 않고 가공식품을 찍어내는 공장들의 물량공세가 연일 이어졌다.

80년대부터 계속된 수산물 가공식품산업의 쇠퇴는 결국 50년 전통의 김 노인까지 몰아내기에 이르렀다.

유하는 때마침 자신을 기다리고 있던 김 노인을 만나 그의 넋두리를 들어주었다.

"세상에, 내가 50년 동안 젓갈을 담갔는데 결국 이렇게 허무한 이유로 공장을 접게 될 줄은 몰랐어."

"뭐라 드릴 말씀이 없습니다."

김 노인은 대형 젓갈 공장에 밀려 점점 거래처를 잃어가다가 결국에는 시장에서도 젓갈을 받아주지 않는 처지가 되어

버렸다.

그는 벌써 20년째 같은 가격으로 젓갈을 팔고 있지만 공장은 그보다 훨씬 낮은 가격으로 시장을 공략했던 것이다.

그러니 아무리 품질이 좋아도 가격 경쟁에서 밀려 결국 빚만 쌓여가는 지경에 이른 것이다.

"자네도 어서 이 동네를 뜨는 것이 좋아. 동생들도 생각해야지."

"그래도 제가 평생을 살아온 터전을 어떻게 버립니까?"

"…그게 맞을 때도 있지만 만약 내가 고집을 부리지 않고 10년 전에만 공장을 접었어도 여생을 편안하게 보낼 수 있었을 거야."

"으음."

"보이나? 이제는 자네에게 줄 돈도 빠듯한 상황이야. 땅을 모두 처분해도 빚잔치를 끝낼 수 있을지 의문이네."

김 노인이 가진 젓갈 공장은 아주 오래된 방식을 고수하는 전통 젓갈 양조장이기 때문에 이렇다 할 시설이 없었다.

기껏해야 생선을 다듬는 마당과 젓갈을 염장하여 저장하는 토굴이 양조장의 전부였다.

그런 김 노인의 양조장을 부동산에 내놓는다면 3천만 원이나 받을 수 있을지 의문이다.

"아무튼 나는 이제 다시 철원으로 가네. 내 형제들이 죽기

전에 다시 모여 농사나 짓자고 했거든."

"그렇군요."

"그때 우리가 살던 동네는 이제 예전 모습을 찾아볼 수 없지만, 그래도 그곳에서 새 출발을 할 수 있다면 더할 나위 없지 않겠어?"

유하는 젓갈 공장의 향후 거취에 대해 물었다.

"그럼 이 공장은 앞으로 어떻게 되는 겁니까?"

"아마도 부동산에 넘어가겠지. 그 이후엔 새로운 공장 부지로 사용되지 않을까?"

"이대로 50년 전통의 김가네 젓갈 공장이 문을 닫는단 말입니까?"

"그럼 어쩌겠나? 더 이상 공장을 운영할 수 없는 것을."

그의 씁쓸한 웃음, 지난날의 회한이 그대로 스쳐 지나가는 것 같았다.

"내가 자네를 처음 보았을 때만 해도 사정이 이 정도는 아니었는데… 그때가 생각나는군. 호미 하나 달랑 들고 와선 품을 팔게 해달라니 기가 막혔지."

"어린 날의 치기가 아니었나 싶습니다."

"허허, 그렇긴 해도 그때의 자네에겐 뭔가 하려는 의지가 엿보였어. 만약 자네가 그런 의지를 보이지 않았다면 일자리를 주지 않았을 거야."

유하는 이곳에서 10년 넘게 품을 팔고 소금을 납품했다.

한때는 김가네 젓갈 공장이 유하의 생계에 아주 중요한 역할을 하는 삶의 터전이었다.

그는 이내 김 노인에게 꾸벅 고개를 숙였다.

"어르신, 제게 청이 하나 있습니다."

"청? 그게 뭔가?"

"이 공장, 저에게 파십시오."

순간, 김 노인은 고개를 갸웃거렸다.

"뭐라? 이 공장을 자네에게?"

"예, 그렇습니다. 제가 잘 키워서 다시 일으켜 세워보겠습니다."

"허허, 젊은 사람이 왜 그렇게 계산이 더딘가? 이 공장을 인수해도 자네에게는 남는 것이 별로 없어."

"괜찮습니다. 지금 이 공장에서 나오는 수입은 그리 많지 않겠지요. 하지만 저는 미래에 이 공장이 크게 번창할 수 있다고 확신합니다. 저는 어르신의 젓갈을 믿으니까요."

어려서부터 김 노인의 젓갈을 먹으며 동생들을 키워온 유하다.

그는 이 공장의 젓갈이 조선팔도 그 어떤 젓갈보다 귀한 명품이라는 것을 너무나도 잘 알고 있었다.

"거참……."

"부탁드립니다!"

이 공장이 돌아가는 사정을 훤히 다 꿰뚫고 있는 유하가 이곳을 물려받는다면 오히려 지금의 김 노인보다 훨씬 맛있는 젓갈을 만들 수도 있을 것이다.

그는 가만히 유하를 바라보다 이내 결심했다는 듯 입을 열었다.

"따라오게."

"예?"

"내가 자네에게 비법을 전수해 주겠네. 앞으로 공장을 운영하자면 이것이 꼭 필요할 거야."

"가, 감사합니다!"

유하는 김 노인을 따라 젓갈을 숙성시키는 토굴로 들어갔다.

*   *   *

토굴의 깊숙한 곳에는 김 노인이 50년 동안 실패와 좌절을 거듭하면서 만들어낸 황금 레시피가 들어 있었다.

유하는 김 노인의 지시에 따라 곡괭이로 토굴 깊숙한 곳 어딘가를 파내려 가기 시작했다.

퍽퍽퍽퍽!

"그래, 이제 거의 다 되었군. 잠시 나와 보게."

"예, 어르신."

이윽고 그는 호미로 남은 흙을 전부 걷어내고 그 안에서 나무 상자 하나를 꺼냈다.

철컥.

6.25전쟁 당시 한국군이 사용하던 탄통에는 연필로 직접 쓴 수기가 빽빽하게 들어 있었다.

"이것이 바로 내 실패 노트라네."

"…대단하군요."

50년 동안 실패한 그의 경험은 책 한 권으로 엮어도 될 정도로 방대했다.

김 노인은 실패 노트 아래에 있는 공책 한 권을 꺼내어 유하에게 내밀었다.

"이 실패 노트들을 압축하여 만들어놓은 내 비법 책일세. 이것이라면 지금 내가 만든 젓갈보다 훨씬 더 감칠맛이 좋은 녀석을 만들어낼 수 있을 거야."

"이런 것을 저에게 주셔도 괜찮습니까?"

"어허, 이 사람. 아무리 작은 젓갈 공장이라도 전통이라는 것이 있어. 기왕지사 공장을 물려받을 것이라면 제대로 배우는 편이 좋지."

"그렇군요."

그는 유하가 아주 어린 시절부터 꽤나 호되게 꾸짖으며 일을 시켰다.

평소에는 조용하고 포근한 성격의 김 노인이지만 한번 일을 시작하면 180도 바뀌어 버렸다.

어찌나 성미가 불같았으면 사람들이 그를 두고 젓갈 담그는 장비라고 불렀을 정도이다.

"가끔 한 번씩 어떻게 살아가고 있나 둘러보러 오겠네. 항상 긴장하면서 살고 있게나."

"직접 가르쳐 주시진 않는 겁니까?"

"자네는 젓갈 담그는 법을 다 알고 있지 않은가?"

"그렇긴 합니다만……."

"실패는 성공의 어머니라고 했네. 그것도 다 경험이야. 실패하면서 배우게."

"예, 어르신."

10년이 넘는 세월 동안 유하를 가르친 김 노인은 이제 이곳에서 손을 놓기로 한다.

유하는 김 노인이 갚지 못한 소금값에 젓갈 공장 담보대출로 받은 돈을 공장값으로 지불했다.

이제 명의 이전이 모두 끝나 공장은 온전히 유하의 것이 되었다.

김 노인은 자신이 평생을 바친 젓갈 공장을 유하에게 넘기곤 아주 홀가분한 표정이 되었다.

짐이라곤 옷가방 하나뿐인 김 노인이 길을 떠나는 날 유하는 그를 배웅했다.

목포터미널에서 버스를 타고 철원으로 올라갈 예정인 그는 일부러 버스 시간을 아주 빠듯하게 잡았다.

그래야 미련 없이 영천을 떠날 수 있을 것 같아서였다. 버스에 오르기 전, 김 노인은 유하에게 악수를 청했다.

"잘 있게.

"살펴 가십시오. 가끔 찾아뵙겠습니다."

"허허, 됐네. 내가 죽거든 그때 찾아와 향이나 하나 피워주게."

"예, 어르신."

그는 유하와 맞잡은 손에 반대쪽 손을 올렸다.

"공장을 잘 부탁하네."

"예, 어르신. 걱정 마십시오."

빠앙!

그때 갈 시간이 다 되었는지 경적이 울렸다.

"정말 가야 할 시간이군. 잘살게."

"연락드리겠습니다."

"그래."

이윽고 김 노인은 버스에 올랐고, 유하는 아마도 마지막이
될 그에게 이별을 고했다.

유하가 젓갈 공장을 인수하고 난 후, 동네에는 그가 철없는
짓을 했다며 수군거리는 사람들이 속속들이 생겨났다.

안 그래도 빚 때문에 생계가 곤란한 유하가 괜한 일을 벌였
다는 것이다.

하지만 유하의 동생들은 그런 그의 행동이 아주 대견하고
멋있다고 칭찬 일색이다.

"오빠, 잘했어."

"실망하지 않았어? 내가 빚을 내서 공장을 인수한 건데."

"50년 전통이 아깝잖아. 사람들은 어르신의 젓갈이 얼마나
귀한 것인지 몰라서 저러는 거야."

"맞아."

그 어떤 상황에서도 유하를 응원하는 사람들, 그들은 다름
아닌 가족이었다.

"고맙다. 나를 믿어줘서."

"고맙긴, 이제부터 고생길이 훤한 사람은 오빠인데."

"후후, 그런가?"

"그런 거야."

그녀들의 말처럼 이제부터 유하는 직업이 세 가지나 되어

바쁜 나날을 보내게 될 것이다.

하지만 세 개의 직업이 유기적으로 돌아갈 테니 문제될 것은 없었다.

* * *

젓갈이 탄생하는 과정은 총 세 가지로 분류된다.

신선한 어종을 선별해서 장독에 담아 염장을 하고 그 후에 토굴에서 숙성시키는 것이다.

다른 사람들은 이 세 가지 작업을 따로따로 분리해서 한 가지만 하며 살아가지만, 유하는 이 세 가지를 모두 충족시킬 수 있는 기반을 가졌다.

우선 그는 철마다 바뀌는 어종을 따라 어선을 띄우고, 그 어선을 띄우는 바닷물로 천일염을 만들었다.

이제는 그 두 가지에 젓갈을 담그는 기술까지 가졌으니 이 모든 과정을 하나로 묶어도 상관없을 터였다.

이제 계절은 8월을 지나 9월로 접어들었다.

9월에는 낙지, 고등어, 오징어 등이 제철인데, 이 중에서 젓갈을 담가 먹는 것은 낙지와 오징어이다.

낙지젓과 오징어젓갈은 밥상머리에 가장 많이 오르는 품종이다.

원래 오징어는 동해에서 가장 많이 잡히는 것으로 알려져 있지만, 요즘은 서해에서 많이 잡혔다.

9월의 어느 날엔 오히려 동해보다 서해에서 더 많이 잡히는 바람에 서해로 원정을 오는 경우도 있었다.

유하는 오늘 배를 잠시 세워두고 낙지잡이에 나서기로 했다.

그는 경운기에 삽과 그물망 등을 싣고 물때에 맞춰 아주 먼 갯벌로 향했다.

갯벌의 중앙에는 경운기가 다닐 수 있도록 돌을 쌓아 길을 만들어놓았는데, 이 길을 따라 경운이나 트럭이 지나다녔다.

하지만 아주 오래된 경험자가 아닌 이상은 이 길을 경운기로 돌아다닐 생각을 하지 못했다.

갯벌에 차를 타고 들어왔다가 자칫 잘못해 밖으로 빠져나가지 못하고 고생하는 경우가 태반이기 때문이다.

유하는 자신이 다니는 바닷길을 가지고 있기 때문에 이곳에서 나가지 못해 고생하는 일은 결코 없었다.

탈탈탈탈!

오늘 아침에 수리한 경운기를 끌고 바다로 나온 유하는 낙지가 아주 많을 법한 곳에 멈추어 섰다.

그는 갯벌에 나서며 오늘의 기후를 가늠해 보았다.

"으음, 좋아."

오늘은 바람도 좋고 햇살도 좋아서 낙지를 잡기에 아주 좋은 여건이었다.

그는 경운기에서 내려 삽을 들고 낙지잡이에 들어갔다.

낙지는 낙지집이라고 불리는 구멍을 적당히 파내고 그 안으로 손을 뻗어 잡았다.

반나절만 해도 팔과 허리에 시큰한 통증이 올 정도로 고된 작업이다.

하지만 이 작업 또한 오랫동안 해온 유하이기에 하루 종일 낙지를 잡을 수 있었다.

그는 벌에 빠지지 않고 앉아서 작업할 수 있는 썰매를 끌고 다니면서 낙지를 잡기 시작했다.

퍽퍽퍽퍽!

삽으로 낙지집 입구를 파내려가 손이 닿을 때까지 팔을 쑥 집어넣으면 낙지 머리가 잡힌다.

유하는 벌 안으로 팔을 집어넣은 후 곧장 낙지를 잡아챘다.

텁!

"잡았다."

그대로 낙지를 밖으로 쭉 뽑아내니 성인 팔뚝만 한 낙지가 올라온다.

요즘 제철을 맞은 낙지는 그 크기가 거의 문어에 육박할 정도로 씨알이 굵어서 젓갈을 담그면 그 맛이 아주 일품이다.

또한 연포탕을 끓여서 파는 집이나 횟집에 내다 팔면 꽤 짭짤한 수입을 올릴 수 있었다.

유하는 그렇게 하루 종일 낙지를 잡아 차곡차곡 그물망에 담았다.

＊　　　＊　　　＊

바다에서 잡은 낙지는 그대로 제물에 씻어서 먹물주머니와 내장 등을 제거하여 염장시킨다.

그래야 육질이 쫄깃쫄깃하고 낙지 특유의 바다향이 살아나 감칠맛이 난다.

하루 종일 잡은 낙지를 손질하는 것도 결코 쉬운 일은 아니다.

유하는 이 염장을 해줄 일손을 스스로 구해 젓갈 공장 마당에 두었다.

—우헤헤헤헤!

꽤나 괴기스러운 웃음소리가 나긴 하지만 나름대로 성실히 일해주는 도깨비불이다.

그는 조업용 어항에 마이크 스탠드를 달고 그 앞에 집게를 연결하여 낙지를 걸어둘 수 있게 했다.

그리고 그 아래엔 솔이 달린 나무 팔을 만들어 낙지에 붙은 뻘을 깔끔하게 닦아낼 수 있도록 했다.

그 이후에 만어를 새겨 도깨비불을 만들어놓으면 녀석들이 알아서 낙지를 씻어내게 된다.

대형 공장들이 기계를 사용한다면 유하는 도깨비불을 이용해 자동화를 꾀한 것이다.

철퍽, 철퍽!

일사불란하게 돌아가는 세척장에 낙지를 올려놓고 난 후다시 낙지를 손질하는 식으로 분업화했다.

유하는 손질하고 도깨비들은 다듬는 방식으로 분업하니 작업이 전과 비교할 수 없을 정도로 빨랐다.

허술하긴 해도 그 손길이 꽤나 야무져서 낙지가 엉키거나뻘이 덜 빠지는 일이 없어서 좋았다.

사람의 팔은 근력이 다해 힘이 떨어지는 경우가 있지만 도깨비불은 그럴 일이 전혀 없기 때문이다.

오늘 잡은 낙지의 양은 고무 대야로 두 개, 낙지를 잡는 것도 일이지만 이것을 도정하는 것이 더 큰 일거리다.

하루 종일 낙지를 쳐낸 유하는 늦은 밤이 돼서야 허리를 폈다.

뚜두두둑!

"으으윽!"

손질이 다 끝났으니 이제 낙지 반, 소금 반으로 절여서 보름 정도 숙성시키면 양념 젓갈의 재료가 탄생하게 되는 것이다.

유하는 이것을 모두 다 버무려서 김가젓갈의 단골가게에 납품할 생각이다.

그는 낙지를 가지고 토굴로 향했다.

*　　　*　　　*

벌에는 수많은 생물이 서식하지만 철에 따라 잡히는 어종이 달랐다.

9월은 낙지 철이지만 모시조개도 만만치 않은 전성기다.

제철을 맞은 모시조개이지만 젓갈을 담그거나 구이를 해먹을 수 있을 정도로 큰 씨알을 만나자면 시간이 빠듯했다.

유하가 씨알이 좋은 낙지를 이렇게 많이 잡을 수 있던 것은 물때를 잘 만났기 때문이다.

요즘은 사리, 조수간만의 차가 가장 큰 시기이기 때문에 지금을 노리면 꽤 짭짤한 손맛을 볼 수 있었다.

유하는 갯벌을 돌아다니며 땅을 밟아보고 조개가 있을 만한 곳을 탐색했다.

원래 조개는 일정한 방법이 없는, 단순하고 지루한 노동력의 산물이다.

그렇지만 유하는 대자연의 기운과 그 오의를 깨우친 도술사다. 조개를 잡을 수 있는 방법이 무궁무진하다고 할 수 있었다.

그는 조개를 잡는 방법 중 도력을 바닥 깊숙한 곳까지 내려보냈다가 올려 그 위치를 파악하는 방법을 택했다.

도력은 대자연의 기운을 담은 진액 같은 것이기 때문에 일정한 크기의 생명체는 그에 반응했다.

그렇기 때문에 적절한 양의 도기를 지하로 내려 보냈다가 회수하면 조개가 있을 만한 곳을 찾을 수 있었다.

유하는 단전에서 도환을 끄집어내 그것을 갯벌에 집어 던졌다.

꿀렁!

갯벌 깊숙한 곳으로 침투한 도환은 빠른 속도로 지하까지 내려갔다 유하의 손을 향해 달려왔다.

쿠웅, 쿠우우우웅!

그에 따라서 모시조개들이 반응하며 위치를 알려주었다.

"오호라, 저기에 많군."

지금 그가 서 있는 곳과 그리 멀지 않은 곳에 조개가 대거 묻혀 있었다.

유하는 당장 삽을 들고 조개가 묻혀 있는 갯벌을 파내려 갔다.

퍽퍽퍽퍽!

그러자 사람 손바닥만 한 모시조개가 그 실체를 드러냈다.

"이야, 풍년도 이런 풍년이 없구나!"

모시조개가 묻혀 있는 바닥에는 가리비, 개조개, 피조개까지 다양한 어패류가 서식하고 있었다.

유하는 젓갈을 담기 좋은 모시조개만 골라서 담고 나머지는 대충 대야에 뭉뚱그려 담았다.

다른 종도 대야에 넣고 해감을 시켜 구이로 먹으면 그 맛이 아주 일품이다.

아침나절부터 총 세 번에 걸친 작업을 끝내고 돌아가는 길, 유하는 고무 드럼통 가득 조개를 잡았다.

만약 이것을 손으로 옮긴다면 절대로 뭍으로 올라갈 수 없을 것이다.

그는 경운기를 타고 다시 젓갈 공장으로 향했다.

*　　　*　　　*

젓갈 공장은 최근에 유하가 캐낸 조개를 손질하느라 도깨비불의 웃음소리가 만개했다.

―우헤헤헤헤!

―크헤헤헤헤헤!

조금 시끄럽긴 하지만 그래도 혼자서 이 많은 조개를 다 손질하는 것보다는 훨씬 나았다.

조개껍질을 벗기고 그 안에 들어 있는 살점만 골라내어 제철을 맞은 가을 모시조개젓을 담글 생각이다.

다른 젓갈 가격도 그리 저렴한 편은 아니지만 조개젓은 특히나 그 값이 꽤 많이 나갔다.

이 정도 양이라면 적게는 수백만 원, 많으면 한 분기 치 일당이 나올 수도 있었다.

총 나흘 동안 사리 기간에 잡은 조개의 양은 대형 고무 드럼통으로 열 개, 도력이 없었다면 불가능했다.

도깨비불이 손질한 조개를 드럼통에 넣은 유하는 자신이 직접 얻은 소금으로 염장을 했다.

조갯살에 넉넉하게 소금을 뿌리고 3개월가량 숙성시켜야 하는 조개젓은 젓갈 마니아들 사이에선 가히 최고로 손꼽히는 천하 일미다.

하지만 숙성시키는 과정에서 비린내와 잡내를 제거하지 못하면 골칫거리로 전락하고 만다.

김 노인은 이 잡내와 비린내를 제거하기 위해 총 세 가지 소금을 사용한다고 했다.

조개를 삭히는 과정에 가장 첫 번째로 쓰이는 소금은 천일염, 그 위에 포대 상태의 죽염을 올린다.

그리고 그 위에 다시 가는소금을 올려 소금이 층층이 조갯살에 스미도록 설계한 것이다.

　이렇게 하면 조개의 감칠맛이 살아나고 죽염이 가진 특유의 향이 잡내와 비린내를 잡아준다는 것이다.

　여기에 유하는 자신의 도력을 품은 돌덩이를 올려놓기로 했다.

　이 돌덩이는 내력의 산물인 도환을 뭉쳐놓은 것으로, 조개가 숙성되는 동안 온도와 습도를 유지시켜 줄 뿐만 아니라 불순물을 제거하는 역할을 한다.

　그렇게 되면 조개젓이 가지고 있는 특유의 비린내가 제거되어 감칠맛만 남게 될 것이다.

　다만 도환을 사용하게 되면 소금이 적어도 열 배는 더 든다는 단점이 있었다.

　불순물과 함께 소금기가 함께 빠져나가기 때문에 그 빈자리를 다시 소금으로 채울 수밖에 없기 때문이다.

　쏴라라라라락!

　드럼통 가득 소금을 채운 유하는 삼단으로 포대를 올리고 난 후 도환을 올려 염장을 마무리했다.

　그리고 드럼통의 뚜껑을 덮은 후 유하는 이것을 토굴에 집어넣으며 통에 부적을 붙였다.

　화르르르륵!

통에 부적이 붙으면서 조개젓은 초고속으로 발효하기 시작했다.

부글부글!

만어가 적힌 이 부적은 젓갈이 삭는 속도를 열 배가량 조절하여 일주일 안에 조개가 제대로 삭도록 만들어줄 것이다.

뚜껑을 덮고 그 위에 묵직한 돌멩이를 얹은 유하는 뭉근하게 피어나는 곰삭은 냄새를 음미해 보았다.

"으음, 좋군."

유하는 이제 창고를 단단히 걸어 잠가 외부에서 습기가 침투하지 않도록 한 후 공장을 나섰다.

*　　　*　　　*

일주일 후, 조개가 숙성되는 동안 간수도 함께 숙성되어 수확을 앞두고 있었다.

쏴라락, 쏴라락!

고무래로 결정지 바닥에 있는 소금을 한군데로 모으면 육각형으로 피어난 소금 결정이 군도를 이루게 된다.

소금은 염도 5인 바닷물을 25까지 끌어 올려 그 결정만 채취하여 받아내는데, 날씨가 뜨거우면 뜨거울수록 채취가 더쉽다.

또한 적당한 남동풍이 불어주어야 순도와 염도가 적당히 높은 상품의 소금을 얻을 수 있었다.

지금은 오후 네 시, 가장 좋은 염도의 소금을 얻을 수 있는 시간이다.

유하는 바쁘게 고무래를 밀고 나가 열 개의 염전에서 소금을 얻어내었다.

사각사각!

고무래로 밀어온 소금을 눈삽으로 퍼내어 수레에 실으면 1차 채취가 끝나게 된다.

이곳 염전에는 총 열 개의 염전이 있는데, 유하는 그곳에 모두 자동으로 소금을 퍼 담는 도깨비불을 설치했다.

퍽퍽퍽퍽!

바닥에서부터 퍼 올린 소금은 수레에 실려 창고로 옮겨지게 되는데, 이 수레 역시 만어가 적혀 있다.

끼릭끼릭.

혼자서 움직여 창고 앞까지 운행하는 이 수레 덕분에 가장 힘든 작업을 건너뛸 수 있게 되었다.

유하는 포클레인 모양의 도깨비불과 함께 협업하여 소금을 퍼내고 창고까지 그것을 옮겼다.

그리고 다시 염전에 있던 도깨비불을 창고 앞까지 옮겨 그것을 창고에 차곡차곡 쌓아놓았다.

염전에서 채취한 천일염은 소금 결정에 남아 있는 물기를 모두 제거하고 나서야 출하가 가능하다.

사각, 사각, 사각!

수레에서 내린 소금을 창고에 집어넣고 난 후엔 출품이 가능한 소금을 선별하여 포대에 담는 작업이 이어진다.

수분을 뺀 소금은 당장 출하가 가능했다.

유하는 이번 염장에 사용한 소금을 모두 창고에서 꺼내다 썼기 때문에 양이 그리 많지는 않다.

하지만 한 차례 납품을 하고 대금을 받기엔 충분했다.

총 열 포대를 만든 유하는 그것을 차에 싣고 비닐을 덮었다.

"됐군."

이제 이것을 시장에 있는 식료품점이나 김치 공장에 납품하면 즉시 돈을 받을 수 있었다.

그는 뿌듯한 마음으로 집으로 향했다.

제5장
뜻밖의 사실

　유하가 소금을 납품하던 업체는 총 열다섯 곳으로 한 달에 열 포대씩 납품했다.

　비수기엔 그 숫자가 절반 이하로 줄어들긴 하지만 그래도 유하에겐 소중한 거래처였다.

　그는 자신이 병원에 입원하기 전까지 가장 큰 거래처이던 목포시장으로 향했다.

　목포시장에만 열 곳의 거래처가 있는 유하에겐 이곳이 생명의 요람이나 마찬가지였다.

　유하는 가장 먼저 김치를 담가 파는 김치가게로 향했다.

"사장님, 저 왔습니다!"

"오오, 유하 왔나?"

"잘 지내셨지요?"

"그럼! 그나저나 아파서 병원에 입원했다면서? 자네 동생에게 들었네."

"그럴 만한 사정이 있었습니다. 사고를 당했었습니다."

"이런, 젊은 나이에 큰일 날 뻔했군."

"그래도 지금은 이렇게 소금을 배달할 수 있을 정도로 건강해졌지요."

"그래, 다행이군."

김치가게 앞에 세워놓은 차에서 소금을 내리려던 유하는 김치가게 주인에 의해 저지당했다.

"그런데 유하, 긴히 할 말이 있어."

"말씀하시지요."

"저기… 소금값을 조금 내릴 수 없을까?"

"예? 그게 무슨 말씀이십니까? 제가 이 근방에서 제일 싸게 파는 것을 아시면서 그러십니까?"

"그렇긴 한데, 요즘 소금값이 많이 내렸어."

유하는 고개를 갸웃거렸다.

"소금값이 내려 봐야 거기서 거기지요. 아니, 태풍이 불어서 소금 농사가 망한 집이 한둘이 아닌데 오히려 올라야 정상 아닌가요?"

"아니… 자네보다 3분의 1가량 소금을 싸게 파는 집이 생겼어."

"네?"

평균 가격에 비해 약 1~2천 원 싸게 파는 유하네 소금은 값싸고 품질 좋기로 유명했다.

아는 사람은 다 아는 사실이지만, 유하는 소금을 상당히 낮은 마진에 판매했다.

그렇기 때문에 이 최저 가격에서 조금이라도 더 빼게 되면 인건비조차 건질 수 없다.

하지만 김치가게의 입장도 그리 넉넉지 않기는 마찬가지였다.

"우리도 소금값을 조금이라도 줄여야 할 처지야. 그렇지 않겠나? 싸게 떼다 써야 뭔가 남는 것이 있지."

"그, 그렇지만……."

"아무튼 우리는 이제부터 가격을 그렇게 정해놓고 쓰기로 했네. 어떻게 할 텐가?"

"그래도 그렇지, 사장님, 이렇게 일방적으로 값을 내리시면 저는 어쩝니까?"

"미안하네. 나도 어쩔 수가 없어. 배추값이 많이 올라 금추인 것을 난들 어쩌나? 다른 곳에서라도 원가를 줄여야지."

"허, 허어."

"유하 자네가 사정 좀 봐주게."

그는 허탈한 마음에 도로 소금 자루를 차에 실었다.

"…다음 집으로 가야겠군요."

"미안하네. 다음에 내가 술 한잔 사겠네."

"예."

기약도 없는 술 약속을 하고 유하는 다음 배달지로 이동했다.

*　　*　　*

유하가 거래하고 있던 김치가게 사장들은 마치 약속이라도 한 듯 모두 값을 내려 버렸다.

아무리 소금이 많이 나는 산지라고는 해도 한 포대에 만 원도 안 하는 소금을 3분의 1가량 내려 버리면 버틸 수 있는 염전은 아마 없을 것이다.

"큰일이군."

이대로라면 유하네 염전은 더 이상 버티지 못하고 문을 닫아야 할지도 모른다.

목포에서 벗어나 소금 장사를 하자면 인건비를 아끼든 운송비를 아끼든 둘 중에 하나는 해야 한다. 그렇지 않으면 수지가 맞지 않아 장사를 할 수 없다.

유하 혼자 모든 것을 다 하는 마당에 더 이상 인건비를 줄일 수는 없었다. 그렇다고 소금을 머리에 이고 목포를 벗어날 수는 없는 노릇이니 진퇴양난이 따로 없었다.

시장 통에 앉아 혼자 막걸리를 마시고 있던 유하는 처음 보는 사람들이 차를 끌고 김치가게를 돌아다니는 것을 볼 수 있었다.

"안녕하시지요?"

"오오, 왔는가?"

"소금 네 포 가지고 왔습니다. 어디에 둘까요?"

"저기에 놓고 가게."

"예, 사장님."

건장한 청년들은 2.5톤 트럭에서 소금을 내려 김치가게에 쌓아두고 다음 집으로 이동했다.

유하는 저 사람들이 그의 밥그릇을 빼앗아갔다고 생각했다.

"빌어먹을."

그 모습을 함께 바라보고 있던 노점 막걸리 상인은 유하에게 고개를 가로저으며 말했다.

"저놈들 때문에 문을 닫은 염전과 젓갈 공장이 무려 열 곳이 넘어."

"그게 무슨 소리입니까? 문을 닫다니요?"

"생각을 해보게. 저놈들이 가격을 3분의 1가량 후려치는 바람에 시세가 점점 내려가고 있어. 덕분에 김치 가격은 예년보다 내려갔지만 이제 곧 시장 전체가 저놈들의 바닥이 될 걸세."

"그렇게 활동 영역이 넓은데 어째서 한 사람도 항의를 하지 않는 겁니까? 독과점은 엄연히 불법입니다."

"그래, 독과점은 불법이네. 하지만 그것을 증명할 길이 없잖나? 저놈들이 독사의 부하라는 사실은 아는 사람은 다 알고 있지만 그것을 어떻게 증명하느냐는 것이지."

장사를 하는 사람들이라면 독과점 규제에 대한 법률이 존재한다는 것은 잘 알고 있다.

하지만 그 법률을 어떻게 이용해야 할지 아는 사람은 거의 없다고 볼 수 있었다.

실제로 저들이 한패라면 지금 벌이고 있는 이 행위 자체는 불법이다.

대한민국에는 공정거래법이라는 법률이 존재함으로 이를 위반하면 그에 대한 처벌을 받았다.

그러나 독사의 모회사가 자회사를 설립했다는 증거도, 그렇다고 그들이 공정거래법을 위반했다는 증거도 없었다.

단지 소금을 싸게 팔았다는 이유만으로 공정거래법을 위

반했다고 말하기엔 무리가 있었다.

유하는 심각한 표정으로 그의 얘기를 계속 들었다.

"더군다나 저놈들은 목포 독사가 뒤를 봐주고 있어."

"독사요?"

독사는 유하도 익히 잘 아는 목포시장 건달로, 이 근방에서는 모르는 사람이 없는 최고의 주먹이다.

요즘이 무슨 구한말도 아닌데 무슨 건달이 뒤를 봐주느냐고 하겠지만, 그것은 그의 역량을 몰라서 하는 소리다.

목포 독사는 엄청나게 넓은 활동 반경을 가지고 있었는데, 그 자금력이 중견 기업을 넘어설 정도이다.

더군다나 잡다한 기업 사냥을 통해 번 돈으로 각 시장의 독과점이나 물건 사재기를 해 재테크를 했다.

그가 무서운 이유는 주먹이 아니라 그 주먹으로 번 돈이 생각보다 훨씬 많다는 점이었다.

처음에는 그저 시정잡배로 시작한 독사였지만 지금은 시의회나 청년회에 꽤 두터운 인맥을 가지고 있었다.

독사는 인맥을 통해 독과점으로 처벌받지 않도록 교묘히 빠져나갈 수 있는 구멍을 만들어놓았다.

그런 가운데 그를 잘못 건드렸다간 자칫 낭패를 볼 수도 있었다.

상인은 답답하다는 투로 유하에게 넋두리를 늘어놓았다.

"쳇, 어쩌다 독사가 소금과 젓갈까지 손을 뻗친 것인지는 몰라도 조만간 이 시장의 소금값은 분명히 폭등하게 될 거야."

"으음."

시장을 독점하고 물건까지 사재기하는 독사의 전략은 항상 특정 상품의 품귀현상을 이끌어내었다.

하지만 그 상승 폭이 타 지역의 운송비보다는 조금 저렴하기 때문에 상인들은 어쩔 수 없이 독사의 유통 줄을 이용할 수밖에 없었다.

"하여간 저 독사라는 놈, 지독해. 자네도 일찌감치 다른 곳을 알아보게. 괜히 머리 아픈 일 만들지 말고."

"…조언 감사합니다."

유하는 독사의 휘하에서 일하는 유통업자들을 바라보며 뭔가 깊은 생각에 잠겼다.

*   *   *

소금을 납품하지 못한 유하는 이것이 시작에 불과하다는 것을 깨닫는 데 하루가 채 걸리지 않았다.

시장 통에 있는 좌판이고 점포들이 죄다 독사의 유통망과 붙어먹는 바람에 유하가 만든 김씨표 젓갈은 아예 명함도 못

내밀게 되었다.

이제 그는 이곳을 떠나던지 독사가 판매하는 가격에 맞춰 단가를 내리는 수밖에 없었다.

그나마 김 노인이 만든 젓갈이 명품이라는 사실을 아는 몇몇 사람만 비싼 값을 치르고 있는 실정이다.

유하는 이대로 가만히 당하고만 있을 수는 없다고 생각했다.

그는 자동차 가득 소금을 싣고 광주로 향했다.

광주에 있는 시장에 소금을 가져다 팔고 거기서 얻은 돈으로 반격을 도모하고자 한 것이다.

목포에서 약 한 시간가량을 달려 도착한 광주는 독사의 상권 중앙 지역이라고 할 수 있었다.

하지만 광주에 있는 건달이 한둘은 아니니 그 세력이 조금은 위축되어 있는 것이 사실이었다.

유하는 광주시장에서 가장 비싸게 소금을 매입하는 상점을 찾았다.

그러나 이들 역시 독사가 산지에서 값을 내리는 바람에 상당히 낮은 가격에 소금을 매입하고 있었다.

하지만 이곳에다 소금을 팔면 그나마 목포에서보다는 조금이라도 돈을 더 받을 수 있을 터였다.

"40포 모두 구매하지요."

"감사합니다. 값은 현금으로 치르는 것이지요?"

"물론입니다. 장기 거래를 할 것도 아니라면서요."

돈을 지불하는 경우에는 그 방식이 어떻게 되든 큰 상관이 없다.

하지만 돈을 지급받는 입장에서는 현금으로 받는 게 좋다.

유하는 흰색 봉투에 담긴 돈을 받았다.

"세어보시지요."

"고맙습니다."

소금값으로 받은 돈을 계수하던 유하에게 상인이 물었다.

"그나저나 목포도 사정이 별로 좋지 않은 모양입니다."

"무슨 뜻입니까?"

"광주는 지금 값이 오르는 것만 오르고 떨어지는 것은 계속 떨어져 시장 통이 아주 개판입니다."

"이를테면 이 소금처럼 말입니까?"

"그래요. 소금은 태풍이 왔는데도 계속 떨어지고 배추는 태풍이 왔다고 미친 듯이 오르고 있지요. 제가 볼 때는 누군가 배추를 사재기하는 것이 아닌가 싶네요."

"으음."

"이렇게 양쪽에서 가격을 가지고 균형을 맞추게 되면 시세는 이상한 쪽으로 안정됩니다. 지금 상황이 딱 그래요."

유하가 생각하기에 지금 이 이상 현상은 독사가 독과점과 사재기를 통해서 벌이는 자작극인 듯했다.

'대단한 역량이군. 목포로 모자라 광주까지…….'

사람들이 큰손이라고 말하긴 했어도 이렇게까지 자금력이 좋을 줄은 꿈에도 몰랐다.

"아무튼 장사하기 힘든 것은 사장님이나 저나 마찬가지군요."

"뭐, 그렇지요."

그는 유하에게 음료수를 한 캔 건넸다.

"드릴 것은 없고 이거라도 좀 드시지요."

"고맙습니다."

그나마 시장 인심이 각박하지 않아서 다행이라고 생각했다.

*　　　*　　　*

소금을 팔아치우고 받은 돈을 모두 계수해 보니 3만 평의 농지를 2년간 빌릴 수 있는 돈이었다.

여기서 미리 삭혀둔 젓갈을 팔면 얼추 생활비에 유나 약값까지 나올 것 같았다.

생각지도 못한 독사라는 복병 때문에 젓갈 공장을 인수한 것이 약보다는 독으로 작용할 가능성이 높았다.

하지만 위기는 곧 기회라고 했다.

유하는 부동산에서 배추 농사를 지을 수 있는 부지를 소개받기로 했다.

"총 2만 5천 평에 오두막도 하나 있군. 어떤가?"

"토질은 좋습니까?"

"보증할 수는 없지만 당장 쓰는 데는 지장이 없을 거야."

"그럼 됐습니다."

공인중개사는 이 한여름에 어째서 산에 가까이 붙어 있는 농지를 빌린다는 것인지 이해할 수 없었다.

지금 씨앗을 뿌려 수확을 하기엔 늦었다고 생각하기 때문이다.

"정말 괜찮겠나? 다시 한 번 생각해 보는 것이……."

"아닙니다. 괜찮습니다. 전 이 땅으로 수익을 낼 수 있어요."

"뭐, 그렇다면 다행이지만……."

"아무튼 이 땅으로 하겠습니다. 지주는 누구입니까?"

"내일 부동산으로 올 걸세. 내일 계약하도록 하지."

"예, 알겠습니다."

유하는 한여름에 땅을 구하느라 발품을 팔긴 했지만 시세보다 훨씬 더 저렴한 값에 땅을 빌릴 수 있었다.

다음 날 토지에 대한 임대차계약서를 작성한 유하는 한꺼번에 2년 치 월세를 모두 지불했다.

아직까지 빚이 산더미라 땅을 직접 구매할 수 없다는 것이 안타까울 뿐이다.

영천을 가로지르는 산비탈 아래에 자리한 농지는 수풀이 무성하게 자라 있었다.

아마도 족히 2년은 농사를 짓지 않고 그대로 방치한 것 같았다.

"태풍이 왔다고 손을 놓은 모양이군."

해안을 끼고 있다고 해서 영천이 농사를 아예 짓지 않는 것은 아니었다.

이곳은 일조량이 좋아서 포도나 사과 같은 과실 농사를 지으면 당도가 높은 상품질의 과실이 열렸다.

하지만 태풍이 한차례 휩쓸고 지나가면 바다의 특성상 그 피해가 상당히 크게 남았다.

영천은 작년과 재작년에도 태풍 피해를 입어서 농사가 아주 폭삭 망해 버렸다.

그래서 농사와 어업을 번갈아 하는 사람들은 아예 농지를 개간하고 수확하기를 포기했다.

아마 이곳도 그런 전철을 똑같이 밟은 것이 아닌가 싶었다.

일이야 어찌 되었든 지금은 유하가 이 땅을 사용할 것이니 그런 잡다한 것쯤은 건너뛰어도 되었다.

"좋아, 한번 시작해 보자고."

유하는 이곳에 장승을 심고 슬슬 개간을 준비했다.

*　　　*　　　*

지금 유하가 가지고 있는 도력의 양은 처음 기공을 수련했을 때에 비해 약 세 배 정도 많아졌다.

이제 장승으로 내보낼 수 있는 도력의 파장이 훨씬 더 넓어졌다는 소리다.

일상생활에서 워낙 많은 도력을 사용하던 유하가 만들어낸 노력의 결과였다.

그는 경운기에 쟁기를 달고 밭을 뒤엎어 나가고 있었고, 그 뒤를 따라서 집게손이 달린 수레가 돌을 골라내었다.

끼릭, 끼릭.

이렇게 밭을 갈면 배추가 살아갈 수 있는 조건이 형성되는데, 이것만으론 배추가 자라날 수 없었다.

모든 농작물에 제철이 있는 것은 이 세상의 모든 생물이 저마다의 특성을 하나씩 지니고 있기 때문이다.

만약 이 특성을 고려하지 않고 농사를 짓는다면 분명 쓰디쓴 고배를 마시고 말 것이다.

이제부터 관건은 배추가 계절을 타지 않고도 자라나는 것, 그리고 유하가 사용하기 좋도록 단기간에 자라나는 것이다.

한 차례 밭을 태우고 그 안에 있는 흙을 갈아엎는 데 걸린 기간은 일주일, 이제부터 그는 땅을 비옥하게 만들 계획이다.

"현운."

이전보다 그 영향권이 더욱 커진 현운이지만 유하의 앞에 모습을 드러낼 때는 언제나 같은 크기다.

다만 그 색이 이전의 색보다 훨씬 더 진해졌다.

유하는 장승을 박아둔 밭의 중앙에 현운을 띄워 비를 내리도록 할 생각이다.

그러나 현운이 만들어낼 비는 일반적인 패러다임 안에서는 절대 상상할 수 없는 특별한 비가 될 것이다.

그는 현운의 위에 올라탔다.

"영차! 가자!"

현운은 유하를 태우고 비를 내리기 적당한 높이까지 올라갔다.

원래 비는 구름의 운집이 물기를 머금고 있을 때 증기가 포화하여 내리는 현상이다.

하지만 현운은 그 자체로 비를 만들어내는 영수이기 때문에 그럴 필요가 없었다.

약 10미터 상공으로 올라간 현운은 이곳에서 직접 비를 뿌릴 것이다.

유하가 딱 2만 5천 평의 땅만 임대한 것도 모두 다 현운의 영양권이 이곳에 국한되기 때문이었다.

도력의 성장은 회를 거듭할수록 더디며 아무리 깨달음을 얻었다고 해도 그 한계가 있다.

그러니 앞으로 현운이 덩치를 불리자면 시간이 많이 걸릴 것은 당연했다.

일이야 어찌 되었든 당장 배추를 키우는 데는 문제가 없었다.

"후우!"

유하는 현운의 위에 앉아 조용히 단전호흡에 들어갔다.

한 점의 티끌도 묻지 않은 순수한 대기에 녹은 도기가 서서히 유하의 단전으로 모여들기 시작했다.

이곳의 도기는 지상에 비해 약 열 배가량 적지만 그 농도가 진해서 도환의 질을 높이는 데 좋았다.

하지만 그것은 한시적인 것이기 때문에 지상으로 내려가면 다시 상품질의 도환을 만들어낼 수 없었다.

더군다나 이렇게 환경적 요인을 탄 도환은 인간에게는 그리 좋지 않은 영향을 미친다.

그러나 이것이 영수 현운에게 들어가면 아주 특별한 일이 벌어진다.

순간, 번쩍 눈을 뜬 유하는 손에 열 개의 도환을 소환해 냈다.

꿀렁!

"시작하자!"

유하는 그것을 현운의 몸속에 집어넣었고, 녀석은 푸른색의 몸통을 아주 새까만 먹색으로 변화시켰다.

끄르르르르!

마치 쐐기가 철문을 지나는 듯한 굉음이 들리며 현운이 뇌전에 휩싸인다.

유하는 이제 이곳에서 뛰어내려 다시 지상으로 내려왔다.

팟!

그는 자신이 만들어낸 도력의 먹구름을 바라보았다.

"으음, 이 정도면 중 품질쯤 되려나?"

이제 현운은 세상에서 가장 진한 농도의 도기를 가진 먹구름이 될 것이며, 그 안에 들어 있는 빗물은 경작물에게 도력을 공급하게 될 것이다.

경작물이 진한 농도의 도력을 머금게 되면 인간은 감당할 수 없는 성장력을 보인다.

이것이 바로 사람이 너무 진한 도환을 품게 되었을 때 부작용이 일어나는 이유다.

이미 완성형이나 다름없는 사람에게 성장의 환약을 먹인

것이나 다름없으니 당연히 탈이 날 수밖에 없었다.

우르릉, 콰앙!

현운은 이제 이곳에 뇌우를 내리기 시작했고, 유하는 적당한 시기에 씨앗을 뿌렸다.

여기에 틈틈이 부적을 갈아주며 이 주만 기다리면 배추가 무럭무럭 자라나 유하가 사용하기 좋은 크기가 될 터였다.

*   *   *

유하는 먼 바다에서 까나리와 멸치를 잡아 손질하고 그것을 염장했다.

원래 멸치나 까나리로 담은 젓갈은 그 자체로 좋은 반찬이 되지만 3년 이상 숙성시켰을 때엔 최고의 김치 재료가 된다.

그러나 지금 유하에겐 3년이나 숙성시킬 시간이 주어지지 않았다.

이대로 3년 동안 장사를 하지 못하면 동생들은 굶어 죽을 수밖에 없다.

멸치와 까나리로 젓갈을 담그고 그것을 담은 항아리에 일일이 도환과 부적을 붙였다.

그리고 그 효과를 조금 더 증폭시키기 위해 젓갈이 담긴 통 안에 진하게 응축된 도환을 집어넣었다.

이곳에 들어간 도환은 서서히 녹으면서 젓갈을 발효시키는 효모에게 도력을 공급하게 된다.

그렇게 되면 3년이 걸릴 발효 과정이 3주면 끝난다.

배추를 수확해서 다듬고 해수로 염장하는 기간이 약 보름에서 20일, 그쯤이면 얼추 발효가 끝나게 될 것이다.

유하는 김 노인이 물려준 비법 노트에 나온 대로 젓갈을 담갔다.

그 안에 들어 있는 비법은 오래도록 젓갈을 담아온 사람이라면 입을 쩍 벌릴 정도로 기상천외한 방법이 즐비했다.

"그랬군."

무려 50년을 실패하며 얻어낸 그만의 방법은 어떤 장인도 범접할 수 없는 경지였다.

유하는 새삼 김 노인의 노련함에 감사하며 염장을 끝마쳤다.

일주일 후, 유하는 못 알아보게 풍성해진 배추밭 가운데서 잡초를 제거하고 있었다.

슥삭슥삭.

호미를 이용해서 잡초를 뽑아내고 그것을 모아서 다시 영기만 추출하여 자연으로 돌려보내는 작업을 진행하고 있는 것이다.

여전히 현운이 비를 내리고 있어 작업에 어려움은 있지만 오히려 한여름의 무더위를 날려주어 한결 나은 기분이다.

이 잡초들이 머금고 있던 영기는 응축형 도환을 만들어내 다시 현운에게 전달될 예정이다.

현운이 내뿜어낸 자연 상태의 도력이 잡초를 키워내면 그 잡초는 땅의 기운까지 머금어 자라나게 된다.

이것은 이 세상의 그 어떤 비료보다 좋은 거름이 될 것이다.

유하는 땅에서 뽑아낸 잡초를 밭의 한구석에 쌓아두고 그것에 주술을 걸었다.

화르르르륵!

부적이 타오르면서 잡초더미는 일순간에 한 줌의 재가 되어 사라져 버렸고, 유하는 그 재가 남긴 온기를 모아 붉은 도환을 추출해 냈다.

생명의 온기를 응축시킨 도환은 상당히 뜨겁기 때문에 일반인은 손으로 잡을 수 없었다.

유하는 이것을 가지고 다시 현운이 물을 뿌리고 있는 현장으로 향했다.

"허업!"

그는 자신이 선 땅을 마치 고무처럼 만들어 인위적인 장력을 그 몸에 실을 수 있게 했다.

위잉!

땅이 한차례 푹 꺼지더니 이내 다시 원상태로 돌아오면서 유하를 15미터 상공으로 올려 보냈다.

쐐에에에엥!

아주 빠른 속도로 현운이 있는 곳에 도달한 유하는 아직도 이글거리고 있는 뜨거운 도환을 현운의 몸속에 집어넣었다.

그러자 녀석의 몸에서 뜨거운 수증기가 올라와 주변을 아주 촉촉하게 물들였다.

현운은 그 촉촉한 물기를 회수하여 자신의 몸집을 불리는데 이용했다.

끼에에에에에엥!

급속도로 커져가던 현운은 일순간에 다시 원래대로 자신의 몸집을 변화시키더니 그 남은 도력을 비에 섞었다.

솨아아아아아!

이제 그 비는 배추에 좋은 기운을 공급해 주어 속이 꽉 찬 알짜배기 황금 배추를 만들어낼 것이다.

*   *   *

20일 후, 이제 배추는 다 자라 수확을 할 수 있을 정도가 되었다.

3만 평에서 자란 배추의 양은 1톤 트럭 네 대 분량으로, 유하가 계획한 1차 물량을 채우기에는 안성맞춤이었다.

그는 밭에서 수확한 배추를 젓갈 공장으로 가지고 와서 염장하기 좋은 크기로 다듬기로 했다.

유하는 트럭의 짐칸 입구에 염전에서 삽질을 하던 도깨비불을 설치하여 배추를 차곡차곡 쌓도록 했다.

─우헤헤헤헤!

녀석들이 배추를 쌓아주기 때문에 작업이 한결 수월하긴 했지만 배추를 뽑아내는 일은 유하의 일이다.

일일이 칼을 들고 다니면서 배추를 수확하는 일은 그리 쉽지만은 않았다.

서걱서걱.

"하나요!"

─우헤헤헤헤!

배추의 밑동을 베어낸 후 그 겉면을 감싸고 있는 두껍고 거친 잎사귀를 벗겨내면 옅은 녹색의 속살이 드러난다.

이것을 트럭 위로 올리면 도깨비불이 짐칸에 빈틈없이 차곡차곡 쌓아 작업을 마무리하는 방식이다.

도술사가 직접 만들어낸 도깨비불은 술자와 소통이 잘되기 때문에 손발이 아주 잘 맞았다.

오히려 사람들과 함께 작업했을 때보다 훨씬 더 수월하게 일이 진행되는 것 같았다.

덕분에 배추를 한결 편하게 수확할 수 있었다.

수확하는 데 꼬박 이틀. 유하는 이것을 가지고 젓갈 공장으로 향했다.

젓갈 공장에 도착한 유하는 바다에서 끌어온 해수를 물고기 잡이에 사용하던 수족관에 가득 담았다.

그리고 그 위에 대나무판을 올려놓고 본격적인 배추절임 작업을 시작했다.

절반으로 가른 배추 위에 저염도 천일염을 뿌리고 반나절 정도 절인 후에 그것을 다시 해수에 담가놓는다.

그리고 소금기가 다 빠지면 그것을 대나무 판 위에 올려놓고 바닷물이 다 빠지기를 기다린다.

이렇게 작업한 배추를 다음 날 아침까지 물기를 모두 빼내어 김장하기 좋은 상태로 만들어내는 것이다.

저염도 천일염으로 절인 배추는 영양소 파괴가 적어서 배추의 식감이 아삭아삭하게 살아 있다.

거기에 해수를 이용하여 배추를 씻게 되면 바닷물에 녹아 있는 미네랄과 무기질이 녹아들어 몸에도 좋을 뿐만 아니라 감칠맛도 살아난다.

배추를 절여놓았으니 이제 토굴에서 젓갈을 꺼내어 양념

을 만들 차례다.

유하는 토굴에 넣어둔 젓갈의 뚜껑을 열어보았다.

"오오! 역시 향이 다르군."

그가 직접 만든 소금에 김 노인의 노하우가 곁들여지니 향기부터가 다른 명품 젓갈이 탄생했다.

유하는 김 노인이 저장해 둔 오젓(5월에 잡힌 새우로 만든 젓갈)에 멸치, 까나리젓갈을 섞어서 양념을 만들 생각이다.

어려서부터 이런저런 일을 다 해본 유하는 이 근방에 있는 식품공장이란 공장은 모두 다녀보았다.

그가 어깨너머로 배운 비법들은 이제 그의 자산이 되어 돌아왔다.

얇게 채를 썬 무, 당근, 배를 넣고 그 안에 마늘, 생강, 양파, 매실청 등을 넣고 그 위에 청양에서 가지고 온 고춧가루를 부었다.

이때, 고춧가루의 비율은 청양고추와 일반 고추를 2:1로 섞어 투하해야 한다.

그래야 매운맛과 감칠맛이 제대로 살아 있는 김치를 만들어낼 수 있었다.

유하는 이렇게 만든 양념에 젓갈과 찹쌀 풀을 섞어 잘 저어준 후에 토굴로 가지고가 하루 정도 숙성시켰다.

김치 양념이 숙성되는 동안 배추가 알맞게 절여질 것이고,

이 두 가지를 조합하면 환상의 맛을 낼 수 있었다.

유하는 이제 양념이 숙성될 때까지 기다리기로 했다.

다음 날, 유하는 도깨비불들과 함께 본격적으로 김치 담기 작업에 착수했다.

어제 도깨비불이 대나무 판에 올려놓은 배추를 유하에게 전달하면 그는 일일이 배추의 안쪽으로 양념을 집어넣어 골고루 간이 배도록 했다.

이렇게 철저하게 분업하여 김치를 담그면 집중력이 좋아져서 간이 잘 배지 않은 곳을 찾아내어 그 공백을 메울 수 있었다.

또한 힘이 절반밖에 들지 않기 때문에 훨씬 빨리 작업을 끝낼 수 있다.

유하는 익숙한 손놀림으로 배추의 노란 속을 빨갛게 물들이고 그것을 동그랗게 말아서 도깨비불에게 건넸다.

그럼 녀석들은 그것을 장독대에 차곡차곡 쌓아서 제대로 숙성되게끔 정리했다.

김치를 염장하는 데 하루, 그것을 다시 양념하는 데 다시 하루가 걸렸다.

도대체 몇 포기를 담은 것인지 모를 지경이다.

유하는 김장을 다 끝내고 난 후 그 자리에 벌러덩 누웠다.

"다 했다!"

그와 동시에 도깨비불들도 그 수명을 다하여 웃음소리가
없어져 버렸다.

늦은 밤이 되어서야 작업을 끝낸 유하는 지친 몸을 이끌고
집으로 향했다.

제6장
홍어삼합의 달인

　전라도는 바다 음식이 아주 잘 발달되어 있지만 그중에서도 가장 유명한 것이 바로 홍어삼합이다.

　바다에서 잡은 홍어를 장독에 넣고 잘 삭힌 후에 그것을 돼지고기 수육과 묵은지와 함께 먹는 것이다.

　이때 홍어에서는 상당히 자극적인 향이 나는데, 이 곰삭은 향은 처음 접하는 사람에겐 고역이나 다름없다.

　하지만 한번 홍어에 중독되면 다시는 끊을 수 없어 전라도 마약이라고 불리기도 한다.

　이런 홍어에 탁주까지 한 사발 곁들이면 세상 부러울 것이 없다.

홍어의 텁텁한 향을 탁주가 잡아주어 그 조합이 가히 상상을 초월하기 때문이다.

전라도 목포에는 이런 홍어삼합과 홍탁(홍어와 탁주)을 전문으로 하는 식당이 즐비했다.

그중에서도 목포 영자네 홍탁은 이 근방에서 특히나 유명했다.

영자네 홍탁은 직접 홍어를 삭히고 탁주를 담가 파는데, 김치와 돼지고기는 주로 사다 쓰는 편이다.

홍어와 술을 담그는 양조 기술은 최고지만 김치와 돼지고기는 그들이 직접 생산하기 힘들기 때문이다.

그렇기 때문에 이곳 영자네 홍탁은 특정 업체와 제휴를 맺어 30년째 장사를 이어오고 있었다.

하지만 최근 영자네 홍탁은 위기를 맞게 되었다. 그것은 바로 독사의 시장 독과점으로 인한 김치 공장의 폐업이었다.

영자네는 30년 동안 김치를 받아 쓰는 바람에 특정 업체가 아니면 제맛을 낼 수 없었다.

그녀는 처음 20년은 계속해 김치를 담가서 팔다가 어느 순간부터는 김치를 받아다 쓰기로 했다.

이때부터는 홍어와 탁주에 집중할 수 있어 전라도 최고라는 명장 칭호까지 받은 그녀다.

그런데 무려 30년 동안이나 김치를 받아오던 거래처 공장이 폐업해 버린 것이다.

　당연히 홍어와 탁주는 인근 최고라고 소문이 났지만 김치 맛이 변하면서 손님들이 하나둘 발길을 돌리기 시작했다.

　이것은 영자네가 시장에서 가장 큰 가게를 유지하는 데 치명적인 걸림돌이 되고 말았다.

　이른 저녁, 원래대로라면 인근 시장에서 일하던 사람이나 회사원들이 홍어에 탁주를 한잔 걸치러 와야 할 시간이다.

　하지만 아직까지 영자네 홍탁은 자리가 3분의 1도 채 차지 않았다.

　영자네를 경영하는 정영자의 표정이 심상치가 않았다.

　그녀는 가게 자금을 총괄하는 장남을 포함해 아들들을 불러 모아놓고 매상을 확인했다.

　"오늘 매상이 얼마더냐?"

　"그, 그게……."

　"얼마냐고 물었다."

　언제나 단호한 그녀의 성격은 아들들을 주눅 들게 만들었다.

　장남은 지천명의 나이임에도 불구하고 말을 더듬었다.

　"50만……."

　"뭐라고? 다시 한 번 말해봐라. 얼마라고?"

"50만 원이 조금 넘습니다."

"……."

이것은 돈이 문제가 아니라 음식 맛이 예전만 못하다는 얘기였다.

전라도에서 명장 칭호까지 부여받은 그녀가 이렇게까지 고전한다는 것은 있을 수 없는 일이었다.

"죄송합니다, 어머니. 저희가 모자라서……."

"아니다. 30년 동안이나 내가 게을리 살아온 탓이지. 김치를 남의 손에 맡기니 가게가 제대로 돌아갈 턱이 있나."

"죄송합니다."

그녀는 황혼에 가게의 쇠퇴를 지켜볼 수밖에 없는 입장이 되었다.

*   *   *

정영자의 남편 이부진은 목포와 흑산도를 오가면서 홍어 잡이를 하는데, 그 세월이 무려 60년이다.

전쟁 통에 징집되어 5년 동안 뱃일을 쉬긴 했지만 여전히 그는 이 근방에서 가장 오래된 뱃사람이었다.

무려 열 척의 홍어잡이 배의 선주인 그이지만 여전히 가장 큰 배는 자신이 직접 몰아 홍어를 잡았다.

늦은 밤, 모든 뱃사람이 그렇듯 그는 선원들과 함께 목포 시장에 위치한 영자네 홍탁에서 막걸리를 한잔 들이켜며 하루의 여독을 풀고 있었다.

꿀꺽꿀꺽!

"크흐! 좋다!"

늦은 나이이긴 해도 워낙 거친 삶을 살아온 이부진이기에 건강은 오히려 젊은 사람들보다 나았다.

그는 걸걸한 목소리로 감탄사를 내뱉은 후 홍어를 한 점 곁들여 먹었다.

하지만 오늘은 삭힌 홍어가 아니라 그냥 생 홍어를 회쳐서 만든 홍어회무침이다.

이부진과 함께 40년 동안 배를 탄 선원들이 아쉽다는 표정을 지었다.

"이젠 삭힌 홍어를 못 먹는 겁니까?"

"그게 무슨 소리인가?"

"언젠가부터 형수님께서 삭힌 홍어를 내주시지 않기에 하는 소리입니다."

"으음."

언젠가부터 정영자는 이부진에게 삭힌 홍어를 내주지 않았다.

무려 50년 동안 하루도 빼놓지 않고 먹던 홍어가 한순간에 없어진 것이다.

하지만 그는 정영자가 어째서 삭힌 홍어를 내오지 않는지 잘 알고 있었다.

"그냥 먹게."

"뭐, 이것도 나쁘지는 않습니다만… 형수님 홍어가 워낙 유명하지 않습니까? 게다가 명장이시고요."

"그런 사정이 좀 있네."

평생을 함께한 부부는 굳이 말하지 않아도 서로의 심경이 어떤지 잘 알고 있었다.

때문에 이부진은 굳이 그녀에게 사정을 캐묻지 않았다.

다만 그녀가 없는 식당에서 홍어를 씁쓸하게 씹어 넘길 뿐이다.

바로 그때였다.

드르륵!

가게 문이 열리며 한 청년이 들어왔다.

그는 다짜고짜 선원들 앞에 김치가 든 통을 꺼내며 말했다.

"홍어를 잡는 선원들이시라고요?"

"그렇소만?"

"탁주에는 김치지요. 한 점씩들 하십시오."

"뭐요? 갑자기 김치는 왜……."

"김가네 젓갈 아시지요?"

"아아, 그 노인네가 하는 젓갈집 말이오?"

"그래요. 그 김가네 젓갈에서 김치를 담가 팔기로 했습니다. 그 기념으로 조금씩 시식하시라고 돌리는 겁니다."

"으음, 그렇다면 한번 맛이나 볼까?"

김가네 젓갈은 흑산도를 오가는 선원들도 익히 알고 있었다.

그들 역시 이곳에 가끔 새우나 멸치 등을 납품하기 때문이다.

또한 목포 시장에서 이 젓갈 맛을 보지 않고 자라난 사람은 아마 없을 것이다.

선원들은 청년이 건넨 두 종류의 김치를 맛보았다.

아삭!

"으, 으음."

"묵은지가 아주 맛있군."

"생김치도 꽤 괜찮은데?"

생김치는 수육과 궁합이 잘 맞고 묵은지는 아직 삭히지 않은 것이지만 홍어와 궁합이 맞다.

그런데 묵은지와 수육, 홍어를 함께 싸먹으면 생각보다 훨씬 더 맛있다.

"삼합으로 들어보시지요. 좋습니다."

"삼합은……."

"속는 셈 치고 한번 들어보십시오."

"뭐, 좋수다."

선원들은 삼합을 한입 먹고는 이내 눈을 번쩍 떴다.

"으, 으음? 좋은데요?"

"그렇지요?"

그들은 맛을 보더니 이내 이부진에게 김치를 권했다.

"한입 들어보십시오. 생각보다 꽤 맛있습니다."

"흠, 그럴까?"

김가네 젓갈은 이부진 역시 평소 밥반찬이나 도시락 반찬으로 즐겨 먹었다.

요즘은 통 그 젓갈을 찾을 수 없어 입이 심심하던 차였다.

아삭아삭!

"오, 오오!"

김가네 젓갈에 길들여진 그는 김치를 먹는 순간 감탄사를 연발했다.

그는 자리에서 벌떡 일어나 청년을 불러 세웠다.

"거기, 자네!"

"예, 어르신."

"이쪽으로 와서 내 술 한잔 받게. 오늘 홍어는 내가 살 테니 자네는 김치를 내게."

"좋지요."

이부진은 가게에 상주하고 있는 아들들을 불러냈다.

"얘들아! 홍어 가지고 오너라! 술 한잔하자꾸나!"

"예, 아버지."

오랜만에 삭힌 홍어에 탁주를 곁들여 마시는 이부진이다.

*　　　*　　　*

늦은 밤, 영자네 홍탁에서 정겨운 풍악 소리가 울려 퍼지고 있다.

쿵짜자쿵짝!

나무 탁자를 숟가락으로 두드려 만들어낸 트로트 한 자락이 이부진의 입에서 흘러나오고 있었다.

"저 푸른 초원 위에~"

"아싸, 좋다!"

이부진의 노랫소리는 어부들도 인정할 정도로 선원들 술자리에서는 이 소리가 빠지면 섭섭할 정도이다.

하지만 이 노랫가락은 그가 아주 기분이 좋을 때만 불렀기 때문에 어지간해선 듣기 힘들었다.

특히나 남진의 노래는 그가 가장 즐겨 부르는 일명 '18번'이었다.

남진의 '님과 함께'를 한 소절 뽑아내는 그의 얼굴에는 아주 오랜만에 흥겨움이 가득했다.

오늘은 홍어에 잘 어울리는 묵은지를 발견해서 꽤나 걸쭉하게 막걸리를 한잔 걸쳤기 때문이다.

"끄윽, 좋다!"

"한 잔 더 하시지요."

"그래, 그래!"

이부진은 손자뻘 되는 유하가 따라준 탁주를 한 잔 들이켜더니 이내 손으로 묵은지를 한 조각 쭉 찢어서 홍어와 함께 싸먹었다.

아삭, 아삭!

"크흐! 좋구나! 이게 바로 삼합이지! 그렇지 않은가, 들?!"

"맞습니다!"

어부들이 가장 흥겨울 때는 만선으로 돌아와 목포항구 시장에서 홍탁을 즐길 때다.

아마 이 소소한 행복 때문에 어부들은 몇십 년 동안 고된 뱃일을 이어나갈 수 있었을 터였다.

유하 역시 뱃일이 얼마나 힘든지 잘 알고 있기에 이들의 소소한 파티가 전혀 낯설지 않았다.

하지만 이곳의 안주인인 정영자는 그렇지 않은 것 같았다.

쾅!

문을 벌컥 열고 들어선 정영자의 얼굴에는 분노가 가득했다.

"지금 이게 뭐 하는 짓이야?!"

"어이, 내자!"

"당신, 지금 내 식당에서 뭐 하는 거예요?!"

"보면 모르나? 홍어에 탁주를 한잔 들이켜고 있지!"

거나하게 술이 취한 그를 바라보며 정영자가 기가 막힌다는 듯이 물었다.

"그걸 누가 몰라요? 요즘 내가 왜 삼합을 내놓지 않는지 알면서 이러는 거냐고요!"

"잘 알지."

"그런데 이 사람이……."

"잘 아는데, 이 청년이 준 묵은지를 먹고 있자니 저절로 홍어가 당기지 뭔가?"

"뭐가 어째요?!"

그녀는 이부진의 곁에 앉은 유하를 확 째려보며 물었다.

"자네는 뭔가?!"

"안녕하십니까? 김가네 젓갈에서 나왔습니다."

"…김가?"

"예, 어르신."

이 집도 원래는 김가네에서 판매하던 젓갈로 김치를 담가 팔았다.

그러니 김 노인과는 상당히 인연이 깊다고 할 수 있었다.

"크흠, 그렇군. 그런데 젓갈집에서 무슨 김치인가?"

"이번에 어르신께서 저에게 가게를 물려주시면서 김치를 직접 담가 팔기로 했습니다."

"그게 무슨 말도 안 되는 소리인가? 그 사람은 원래 젓갈만 담아 팔던 이인데……."

"제가 원래 이런저런 일을 좀 많이 해서 말입니다. 뭐, 이곳에 계신 분들보다는 못하겠지만요."

그때 이부진이 그녀에게 김치를 건넸다.

"그렇게 화만 내지 말고 한번 먹어봐."

"싫어요. 젓갈이나 담그지 무슨 김치야?"

"어허, 한번 먹어나 봐. 괜히 애먼 사람 잡지 말고."

"거참……."

그녀는 남편의 강권에 못 이겨 유하가 가지고 온 묵은지를 한입 맛보았다.

그리고 잠시 후 그녀는 스르르 눈을 감았다.

아삭아삭.

"으음."

"어때? 좋지?"

"이렇게 삭은 것치고는 식감도 살아 있고 감칠맛도 좋군요. 한 3년 푹 묵은 것 같은데?"

"시기상으로 따지면 그 정도 되었지요."

"그래서 그런 것이었군. 입에 착착 감겨."

"감사합니다."

그녀는 맛에 대한 자부심으로 평생을 살아온 명장이다.

혀에 닿는 감각을 최대한 살리기 위해 담배는 물론이고 술까지 멀리하는 정영자였다.

그런 그녀에게서 입에 착착 감긴다는 소리가 나오는 것은 흔치 않은 일이다.

하지만 정영자는 쉽사리 유하에게 거래를 허락하지 않는다.

"맛 잘 봤네. 그러니 이만 나가보게."

"알겠습니다. 그럼 저는 다음에 다시 오겠습니다."

"…오지 말게. 다음부터는 문전박대당할 줄 알게."

"그럼."

유하는 다시 오지 않는다는 소리는 쏙 뺀 채 가게를 나섰다.

*　　　*　　　*

해수로 염장한 김치에 도력진을 붙여 숙성시킨 유하는 그 것을 약 3년쯤 묵은 것처럼 만들었다.

세월의 맛이라고도 불리는 김치가 3년 이상 삭으면 아주 깊고 진한 맛을 낸다.

특히나 향이 강한 홍어삼합에 이 묵은지를 넣으면 그야말로 금상첨화라고 할 수 있었다.

유하는 자신의 김치를 어디에서 가장 많이 찾을까 고민하다가 홍어삼합집을 찾았다.

홍어는 삭히는 과정부터 쉽지가 않은 음식으로, 제대로 된 삼합을 먹으려면 팔도를 유람해야 한다는 소리가 있을 정도이다.

거기에 맛깔 나는 김치가 없다면 결코 사람은 몰리지 않을 것이다.

유하는 벌써 일주일째 정영자의 식당에 출근 도장을 찍고 있었다.

"삼촌, 여기 홍탁 하나!"

"네!"

그는 누가 시키지도 않았는데 술상을 들고 나르고 다 먹은 테이블을 정리했다.

이 정도면 든든한 아르바이트생 서넛도 부럽지 않을 정도의 노동력이라고 할 수 있었다.

정영자의 자식들은 유하의 저런 노력이 가상하게 느껴졌다.

"어머니, 그냥 저 집 김치 쓰시지요. 이 시장에서 저만한 물건은 찾기 힘든데 말입니다."

"…뭐야?"

"제가 주제넘었다면 죄송합니다만, 그래도 인정할 것은 인정해야 진짜 명장 아니겠습니까?"

"그, 그런데 이놈이……!"

"어머니께서 말씀하셨지요. 진짜 맛을 아는 사람은 먹는 순간 그 진가를 알아본다고요."

"……."

"그날 어머니께선 분명 입에 착착 감긴다고 극찬하셨습니다. 명장께서 극찬하신 김치가 어디 흔하겠습니까?"

장남 이상철의 설득에도 그녀는 여전히 요지부동이었다.

"…정리하고 들어오너라. 오늘은 좀 피곤하구나."

"예, 어머니."

이상철은 영자네 홍탁을 종횡무진 누비고 있는 유하를 가만히 바라보며 읊조렸다.

"뭘 해도 될 청년이군."

어머니 밑에서 40년 넘게 일을 거든 이상철이다.

그 역시 오랜 장사에 잔뼈가 굵어 사람 보는 눈이 생겼다.

그가 보기에 유하는 확실히 뭔가 특별한 것이 있는 청년이었다.

언젠가는 그가 크게 사고 칠 것이라고 확신하는 이상철이다.

＊　　　＊　　　＊

　정오가 지난 이른 오후, 유하는 흑산도 앞바다에서 이부진과 막걸리를 마시고 있었다.

　그는 유하가 떠난 이후 자꾸만 그 김치가 아른거려 잠을 이루지 못했을 정도로 그 맛을 고이고이 간직하고 있었다.

　유하는 그가 흑산도에서 술을 한잔하자는 소리에 홍어삼합을 준비해서 찾아갔다.

　아나나 다를까, 그는 유하의 김치를 마파람에 게 눈 감추듯 먹어치웠다.

　아삭아삭!

　"음, 먹으면 먹을수록 신기하군. 우리 어머니도 이런 맛은 못 내셨을 거야. 도대체 어떻게 만들어야 이런 맛이 나는 건가?"

　"김치는 손이 많이 가는 음식이지요. 손맛이 김치를 좌우한다고 생각합니다."

　"그리고?"

　"으음, 어느 정도는 도가 터야겠지요? 그래서 저는 도가 튼 사람에게 도 닦는 비법을 배웠습니다."

　"허허! 그 청년 참 말도 참 재미지게 잘하는군."

"과찬이십니다."

유하가 생각하는 도, 그러니까 자연의 섭리에 대한 오의는 그리 복잡한 것이 아니었다.

어느 한 분야의 달인이 되는 것, 흔히 도가 텄다는 사람은 전부 신선이 될 자격이 있다고 생각하는 유하다.

"뭐, 아무튼 앞으로 이 김치를 계속해서 먹을 수 있었으면 좋겠군."

"그러게 말입니다."

"흐음."

잠시 유하를 바라보며 뜸을 들이던 이부진이 말했다.

"아마 저 할망구가 이렇게까지 고집을 부리는 것은 사람에 대한 믿음이 없기 때문일 거야."

"믿음이라……."

"만약 자네가 그 할망구에게 신뢰를 얻을 수 있을 만한 짓을 한다면 모른 척 넘어가지 않을까?"

"그렇다면 아주 좋겠죠."

"요즘 자꾸 하반신이 저리다고 난리를 치던데, 아마 오래 장사하지는 못할 것 같아. 그전에 결판을 내는 것이 좋겠어."

유하는 그에게 술을 한잔 더 따르며 물었다.

"하반신이 좋지 않으신가 보군요."

"나도 잘은 몰라. 허리에 문제가 있는 것은 아닌데, 자꾸

다리가 저리다고 밤바다 채근거리더군."

"종합검진에서도 별다른 소견은 없었습니까?"

"그렇다고 들었네."

"으음."

"아무튼 앞으로도 지금처럼 끝까지 물고 늘어지게."

"말씀 감사합니다."

술을 한잔 넘기는 유하의 눈동자가 반짝거렸다.

*   *   *

하반신이 저린 경우는 생각보다 많지만 가장 확률이 높은 것은 바로 허리디스크(척추측만증)이다.

허리를 이루는 척추의 물렁뼈, 즉 디스크가 척추 뼈에 눌려 생기는 현상을 두고 측만증이라고 부른다.

이 측만증이 계속될 경우엔 척추가 디스크를 눌러 그 수액이 터지는 사태가 벌어진다.

이 사태가 벌어지고 난 후엔 평생 동안 허리에 후유증을 달고 살아야 한다.

하지만 이런 또렷한 증상이 없는 가운데 다리가 저리다고 하는 것을 보면 신경계나 외부 자극 때문에 증상이 나타나는 것일 터였다.

유하는 자세한 진단을 위해 그녀를 찾아갔다.

이른 아침, 정영자는 가게로 가는 발걸음을 재촉하고 있었다.

뚜둑뚜둑.

"어이구!"

칠순이 넘은 나이이지만 얼마 전까지만 해도 그녀의 건강은 상당히 좋은 편이었다고 했다.

주기적인 운동과 식이요법으로 꾸준히 관리를 해주고 있었기 때문이다.

그 흔한 군살도 별로 없는 정영자의 하체가 저려오기 시작한 것은 불과 3개월 전이다.

김치 공장이 문을 닫으면서 생긴 스트레스가 점점 쌓이더니 이내 밤마다 이유 없이 다리가 저려오기 시작한 것이다.

유하는 다리가 풀려 그 자리에 주저앉아 버린 그녀에게 달려갔다.

"어르신!"

"자, 자네……."

"다리가 풀리신 모양이군요."

"참 지독한 청년이군. 난 자네의 김치를 쓸 생각이 전혀 없다고 도대체 몇 번을 말하는가?"

"잘 알고 있습니다. 하지만 지금은 저를 쓰시지 않는다고 해도 거동은 하셔야 하지 않겠습니까?"

"거참……."

"일어나시지요. 제가 댁까지 모셔다 드리겠습니다."

"…신세를 지지만 별다른 뜻은 없다네."

"알고 있습니다."

그는 정영자의 손을 잡는 동시에 진맥을 해보았다.

도술사는 도력을 온몸으로 사용하기 때문에 혈 자리에 대해선 거의 박사 수준이라고 할 수 있었다.

유하는 그녀를 진맥해 보곤 단숨에 결론을 내렸다.

'은문(殷門), 그것도 승부(承扶)에서부터 시작된 어혈이 혈 자리를 막아버렸군.'

은문은 하체의 장애나 골수염 등이 생기는 경우에 치료를 위해서 사용하는 혈 자리다.

만약 은문이 막히거나 승부에서부터 혈전이 쌓이면 다리가 저리거나 하체를 아예 사용할 수 없게 될 수도 있었다.

이 작은 혈 자리에 혈전이 쌓인 것을 양의학에서 제대로 진단할 수 있을 리가 없었다.

유하는 인상을 찌푸린 그녀에게 물었다.

"제가 지압을 좀 할 줄 압니다. 한번 받아보시지요."

"지압?"

"1분이면 됩니다."

다리가 저려 인상을 찡그릴 정도라면 다리의 상태가 썩 좋지 않다는 뜻이다.

아마 얼마 있지 않으면 자리에서 일어서지도 못할 정도가 될 것이다.

유하는 그녀를 길가에 있는 벤치에 앉혀놓고 허벅지 앞쪽에 위치한 혈해와 양구를 천천히 자극하며 기혈을 뚫었다.

'다행히도 이쪽은 혈전이 별로 없군.'

혈전은 보통 위에서 아래로 쌓이지만 정영자처럼 평생을 서서 일한 사람들의 경우엔 아래쪽에 혈전이 쌓이기도 했다.

이노티아 왕국의 시녀들과 환관들이 그랬으며, 심지어는 평생을 서서 일한 문지기들도 그러했다.

유하가 혈해와 양구를 자극하자, 그녀는 단숨에 표정을 풀었다.

"으음."

아마도 이 두 혈 자리를 자극하는 것만으로도 저림 증상은 아주 많이 좋아졌을 것이다.

이윽고 그는 승부와 은문을 차례대로 점혈했다.

툭툭.

"아, 아얏!"

"아프십니까?"

"조금……."

"어혈이 뭉쳐 있어서 그럴 겁니다. 조금만 참으시면 금방 좋아집니다."

유하는 잠시 혈맥을 막아둔 상태에서 음문과 양구에 쌓인 혈전을 일부 제거했다.

그러자 혈맥이 열리며 막혀 있던 혈류가 원활하게 돌기 시작했다.

"으, 으음. 좋군."

"이제 좀 나으시지요?"

"뭐……."

그는 이내 그녀의 다리에서 손을 뗐다.

"약속드린 1분이 지났으니 손을 떼겠습니다."

"크, 크흠! 그러게나."

무척이나 아쉬운 표정의 그녀를 바라보며 유하는 깊이 고개를 숙였다.

"여기서 한 5분 정도 쉬었다가 가시면 됩니다. 그럼……."

"잠깐, 잠깐만 기다리게."

"예?"

그녀는 유하에게 명함을 한 장 건넸다.

"시간 날 때 이쪽으로 전화를 한 통 주게. 밥이나 한 끼 하세."

"예, 어르신. 그리하겠습니다."

아마도 그녀는 평생 처음으로 느껴보는 시원함을 절대 잊을 수 없을 것이다.

*　　　*　　　*

나흘 후, 유하는 정영자와 함께 목포 시내에 위치한 해물탕 전문점을 찾았다.

이곳은 바닷가재부터 문어, 낙지, 가리비, 해삼, 대하, 전복까지 모든 해물을 죄다 털어 넣어 해물탕을 끓였다.

그 때문에 바다의 맛은 생생하게 살아 있으며 먹을거리와 몸보신거리로 아주 훌륭했다.

정영자는 유하에게 로브스타를 통째로 건넸다.

"자, 먹게."

"아닙니다. 어르신 먼저……."

"먹게."

"아, 예."

어른이 주는 것을 고사하는 것도 분명 예의에 어긋나는 일이다.

유하는 그녀가 건넨 로브스타의 머리를 쪼개서 그 안에 들어 있는 골수와 살을 발라내 그녀의 접시에 올려주었다.

"좀 드시지요."

"고맙네."

이윽고 두 사람은 술잔을 한잔씩 곁들였다.

"소주 괜찮나?"

"물론입니다."

"한잔하자고."

"예, 어르신."

유하는 그녀를 따라 공손하게 술잔을 넘겼다.

술을 한 잔 마신 정영자는 유하에게 자신이 어째서 그렇게 김치를 받지 않겠다고 고사했는지 털어놓았다.

"사실 나는 자네가 김씨의 사업을 물려받았다고 했을 때부터 그 진의를 의심했다네. 2대를 물려받는 사람치고 제대로 경영하는 사람을 본 적이 없거든. 그래서 나는 지금도 내 아들에게 가게를 물려주고 있지 않아."

"으음, 그렇군요."

"하지만 자네가 하는 것을 보니 그 진의가 아주 거짓말은 아닌 것 같더군."

"감사합니다."

"그래서 말인데, 내가 자네와 계약을 맺으려고 하네."

"계약이요?"

그녀는 유하에게 김치를 가져다 쓴다는 내용과 그 특약 사항이 적힌 계약서를 내밀었다.

"첫 거래에는 자네가 제시한 가격에 10%를 할인, 그다음 달부터 5%를 할인해서 받도록 하지."

"그 이후에는 어떻게 됩니까?"

"특약 사항에 나와 있듯이 점차적으로 수요에 비례해 가격을 올리겠네. 어떤가?"

"저야 계약을 맺어주시는 것만으로도 감사하지요."

"그래, 그러면 되었네."

아마도 그녀는 유하가 어혈을 풀어준 덕분에 건강이 많이 좋아진 것 같았다.

이제는 버릇처럼 하체를 두드리던 증상이 없어져 아주 편안하게 밥을 먹을 수 있을 정도가 되었다.

"건강은 괜찮으십니까?"

"덕분에 좋아졌네. 도대체 비법이 뭔가? 한의원을 가도 모르겠다고 고개만 갸웃거리던데."

"비장의 무기라고나 할까요? 제가 지압을 잘하시는 분께 안마를 배워서 말입니다."

"으음, 그렇군."

"원하신다면 한 번 더 해드릴까요?"

"크, 크흠! 그, 그럼 그럴까?"

그녀가 유하를 인정한 것에는 아마도 안마가 가장 큰 부분을 차지하고 있을 터였다.

그것을 잘 알지만 유하는 일부러 티를 내지 않았다.

그는 오늘 그녀의 은문에 쌓여 있던 어혈을 거의 다 몰아내 주었다.

제7장
날아다니는 거북이

　깊은 숲 속.

　유하는 도끼 한 자루를 들고 가파르고 험준한 산길을 헤치고 다녔다.

　그는 오전에 집을 나와 벌써 반나절 동안 산을 탔다.

　"후우, 덥군."

　뭉게뭉게.

　현운은 유하를 따라다니며 농사를 짓고 자동선풍기 노릇까지 하느라 축 늘어진 상태였다.

　"네가 고생이 많구나."

표정이 없어서 녀석이 어떤 생각을 하는지는 알 수 없지만, 결코 유하를 원망하고 있는 것 같지는 않았다.

구름도 나름 감정 표현을 하기 때문에 화가 나게 만들면 먹구름처럼 새까매지거나 전기를 내뿜었다.

그래서 험하게 현운을 다루면 이곳저곳에 천둥번개를 뿌리며 돌아다녔다.

유하는 자신의 하단전에서 도환을 하나 꺼내어 현운에게 건넸다.

뭉게뭉게!

도환은 환수들이 가장 좋아하는 것임과 동시에 원기 회복을 위한 영약이다.

한껏 기분이 좋아진 현운이 산들바람을 일으켰다.

휘이이잉!

"으음, 좋군."

잠시 산비탈에 앉아 휴식을 취하는 유하. 그가 이렇게까지 산을 헤매고 다니는 것은 모두 도환봉을 만들기 위해서였다.

아무리 장승들을 이용하여 농사를 짓는다고 하지만, 그것은 생각보다 그리 만만치 않은 일이었다.

그래서 유하는 자신이 살아가는 데 있어 활용할 여러 가지 물건을 만들어 사용하기로 했다.

그중에 하나가 바로 도환봉이다.

도환봉은 유하가 전생에 만들어 사용하던 일종의 타구봉인데, 여러 가지 용도로 쓰였다.

길이가 늘어났다 줄어들었다 하고 크기와 모습을 자유자재로 바꾸는 도환봉이야말로 최고의 편의 도구라고 할 수 있었다.

이 도환봉은 한 번 만들어두면 평생 동안 아주 유용하게 쓸 수 있지만 만드는 과정이 상당히 어려웠다.

느티나무, 그중에서도 100년 이상 된 느티나무가 번개를 맞아 절반으로 갈라져야 사용할 수 있었다.

도기를 가장 잘 머금는 느티나무가 100살 이상 나이를 먹으면 거의 신기와 비슷한 기운을 내뿜는다.

그중에서도 번개를 맞아 절반으로 갈라진 나무는 순간적으로 도기가 뿌리 부분으로 몰리게 된다.

이때 그 뿌리를 채취하여 봉의 형태로 만들면 영기를 그대로 머금은 뼈대를 만들 수 있게 되는 것이다.

뼈대를 만든 이후에도 상당히 오랜 공을 들여야 하는 도환봉이지만, 그 뼈대를 찾기가 쉽지 않았다.

유하는 벌써 한 달째 틈틈이 산을 타며 번개 맞은 100년생 느티나무를 찾고 있었다.

하지만 생각처럼 낙뢰가 떨어져 나무를 강타한 경우를 찾을 수가 없었다.

"후우!"

잠시 휴식을 취하고 다시 자리에서 일어선 유하는 이내 산을 내려갔다.

아무래도 오늘은 도환봉의 뼈대를 찾을 수 없을 것 같았기 때문이다.

"그래, 가자."

뭉게뭉게.

현운을 이끌고 산비탈을 내려가던 유하는 심상치 않은 기운을 느꼈다.

"이, 이건……?"

마치 산삼이 내뿜는 것 같은 산의 정기, 그중에서도 극히 일부분이 땅에 묻혀 있는 것 같다.

그는 미친 듯이 산비탈 한곳을 향해 달려갔다.

파바바바밧!

유하는 신선들이 전해주었다는 도술사만의 보법을 익히고 있었는데, 그의 스승은 비천보법이라고 불렀다.

내력을 일정한 위치의 혈 자리로 흘려보낸 후 그것을 지속적으로 주천시키면 발걸음이 상당히 가벼워진다.

그렇기 때문에 도사들이 산을 탈 때엔 일반인은 결코 뒤를 따라잡을 수 없었다.

이 경지에서 조금 더 고강해지면 일명 축지법이라고 불리는 비천보법의 상승보법을 익힐 수 있게 된다.

축지법은 대지를 도력으로 구부린 후 그 위를 걸어 이동하는 방식이다.

대지를 주름잡는다는 것, 그것은 인간의 시력으로도 따라잡을 수 없을 정도로 빨랐다.

아직까지 그 경지에 이르려면 한참이나 먼 유하로선 비천보법의 초입에 간당간당하게 매달린 정도이다.

그는 비천보법으로 약 15분가량 달려 자신이 서 있던 곳의 정반대편의 산중턱에 섰다.

유하는 번개를 맞은 아름드리나무가 서 있는 영기가 군집된 곳을 바라보았다.

"영수군. 드디어 발견했다."

뭉게뭉게!

현운은 영기가 줄줄 흘러나오는 느티나무 곁을 맴돌며 관심을 보였다.

아마도 자신과 비슷한 기운을 가진 물체를 보니 신기해서 그러는 것 같았다.

유하는 느티나무 속으로 손을 쑤욱 집어넣었다.

꿀렁!

도력이 만들어낸 아공간이 유하의 손을 느티나무 안으로 가져다 넣어주었다.

그는 그 안에 내력을 흘려보내 나이테의 숫자를 세어보았다.

"…99, 100. 그래, 정확히 100년이군."

나이를 먹었다는 증거인 나이테가 딱 100년만큼 자리를 잡고 있었다.

유하는 너무나도 기쁜 마음에 재빨리 나무에서 손을 뺐다.

하지만 그가 손을 뺀 그 자리에서 뭔가 딱딱한 물건이 툭 떨어져 내렸다.

툭.

"으음?"

그의 발 앞에 떨어진 것은 다름 아닌 파란색 알이었다.

푸르스름한 후광까지 비치는 것을 보니 하루 이틀 이곳에 들어 있던 것이 아닌 모양이다.

"이건……."

보통 신수는 100년 이상 묵은 영수 안에서 태어난다고 전해진다.

전생에 유하는 가끔 신수의 도움을 받은 경험이 있었는데, 그때의 신수들은 모두 스승의 지인들이었다.

아무리 도력이 높은 유하라고 해도 신수와 동문수학하는 것은 결코 있을 수 없는 일이었다.

100년 이상 묵은 영수 안에서도 번개 맞은 확률로 태어나는 신수를 어디 그렇게 쉽게 볼 일이 있겠는가?

"올해는 정말로 로또라도 사야 할 모양이군."

그는 다시 신수의 알을 나무 안에 집어넣었다.

꿀렁~

어차피 오늘은 번개를 맞은 느티나무의 뿌리가 필요한 것이었지, 쓸데없이 객식구를 늘리는 것이 아니었기 때문이다.

아무리 신수라고 해도 갓 태어난 신수가 할 수 있는 일은 그리 많지 않았다.

도대체 누가 이 나무에 신수를 점지, 혹은 알을 낳았는지 몰라도 더 이상 유하가 상관할 바는 아니었다.

그는 나무뿌리를 적당한 크기로 잘라 봉의 크기로 다듬었다.

뚝딱, 뚝딱.

이윽고 봉을 모두 다 가다듬은 유하는 지체 없이 산을 내려갔다.

"이크, 늦겠군."

유하는 동생들이 자신을 기다리느라 또 밥을 먹지 않고 기다리고 있을 것만 같았다.

그래서 헐레벌떡 산을 내려가 곧장 집으로 향했다.

*   *   *

집에 도착한 유하는 유채에게 또 잔소리를 들었다.

"또 어디를 그렇게 갔다 오는 거야?"

"그냥… 답답해서 산을 좀 탔어."

"거참, 집에 좀 있으면 어디가 덧나나? 매일 일만 하고 돌아다니는 사람이 말이야."

"하하, 알겠다. 배고프니까 밥 먹자."

유하에게 군소리를 늘어놓던 유채에게서 도망쳐 마당에 있는 아주 오래된 평상으로 향했다.

그러자 그를 따라 막내 유나가 달려왔다.

"와아아, 오빠 왔다!"

"배고팠지? 밥 먹자."

"응!"

이제는 중학생이 된 유나이지만 유독 유하에겐 아이처럼 구는 면이 있었다.

아마도 그녀는 유하가 아버지처럼 느껴지는 모양이다.

한편으로는 그런 유나 때문에 힘이 날 때도 있지만, 마음 한구석에는 부모님이 없는 유나가 불쌍하기도 했다.

'죽기 전에 얼굴이나 한번 봤으면 좋겠군.'

만약 부모님이 나타난다면 흔쾌히 맞아줄 아량은 없어도 가끔 연락이나 하면서 지낼 용의는 있다.

어머니 얼굴도 제대로 보지 못하고 자란 유나가 불쌍하기 때문이다.

언젠가는 한 번쯤 생사를 알 수 있지 않을까 하고 유하는 막연히 생각했다.

유하는 아주 잠깐의 상념에서 깨어나 동생들과 함께할 밥상에 앉았다.

"오늘 메뉴는 뭐야?"

"가자미식해. 저 윗집에 계신 염씨 할머니께서 주셨어."

"그래? 그분 고향이 강원도였나?"

"아마도. 삼척이라는 것 같지?"

"그렇군."

가자미식해는 강원도 토속 음식으로 관절염이나 심장병 등에 좋다.

간혹 가자미 특유의 비린내를 제거하지 못한 식해가 있는데, 이 가자미식해는 비린내가 전혀 나지 않았다.

"으음, 좋군."

"오빠도 가자미식해 한번 담가 봐."

"글쎄다. 이것도 기술이 있어야 담그는 거니까."

유하는 음식에 있어선 자존심이 있어서 배우지 않은 음식은 만들지 않았다.

가자미식해를 제대로 배우자면 강원도까지 가야 하는데,

그 뱃길이 결코 만만치 않았다.

하지만 언젠가 가자미식해 명장을 통해서 꼭 배우고 싶다는 생각은 들었다.

유하가 동생들과 가자미식해와 토란국으로 저녁을 해결하고 있는 바로 그때였다.

또르르르.

유나가 밥을 먹다 말고 유하가 앉아 있는 평상 아랫부분을 가리켰다.

"오빠, 그 아래."

"뭐?"

"주머니에서 뭔가 떨어진 것 같은데?"

"그게 무슨……."

무심코 고개를 돌려 아래를 쳐다본 유하는 이내 이마를 짚었다.

'아뿔싸!'

그의 밑에 파란색 신수의 알이 덩그러니 자리를 잡고 있는 것이다.

아마도 유하가 알을 꺼내는 바람에 그것이 그를 따라서 이 산 아래까지 내려온 모양이다.

'골치 아프게 되었군.'

동생들은 고개를 갸웃거렸다.

"그게 뭐야?"

"으응, 아무것도 아니야. 밭에 줄 거름이야."

"그래?"

파란색 돌처럼 생긴 신수의 알에 동생들은 별 관심이 없는 모양이다.

하지만 유하는 자꾸만 이 알이 마음에 걸렸다.

*   *   *

유하가 알을 주워온 다음 날, 그는 도환으로 만들어놓은 풀장에 도환봉의 뼈대를 넣고 절이고 있었다.

첨벙첨벙.

도환봉은 일종의 도깨비로 유하가 직접 장승이 되어 내력으로 매개체를 제공하게 된다.

그렇게 되면 딱히 부적이나 엄청난 양의 도력이 필요 없다.

제대로 영기를 받자면 도력으로 만든 풀장에 한 보름 정도 푹 담갔다 꺼내야 하는 도환봉이기 때문에 그 과정이 상당히 까다롭다.

하지만 한번 만들어놓으면 꽤나 쓸모가 있기에 그만한 노력을 기울일 가치가 있었다.

유하는 도환봉을 풀장에 넣고 휘휘 저으며 곁에 있는 신수의 알을 바라보았다.

신수의 알은 어느새 지느러미처럼 생긴 발을 쑤욱 내밀고
있었다.

아마도 유하의 곁에 머물면서 도력의 파장을 먹이로 삼아
성장하고 있음이 틀림없었다.

"뻔뻔한 녀석이군."

데굴데굴.

아직 아무런 자각이 없는 신수의 알을 무조건 나무랄 수는
없는 유하다.

따지고 보면 그가 느티나무 안으로 손을 집어넣지만 않았
어도 신수의 알은 그곳에서 평생 잠들어 있었을 것이다.

그러니 그것을 가지고 온 유하에게 일부 책임이 있음은 당
연했다.

"그래, 운명이려니 하고 받아들여야지."

그는 이윽고 알을 번쩍 집어 들어 도환봉이 들어가 있는 풀
장 안에 집어 던졌다.

풍덩!

그러자 신수의 알은 이리저리 풀장을 헤엄쳐 다니면서 신
나게 놀기 시작했다.

첨벙첨벙!

유하는 과연 저것이 커서 뭐가 될지는 몰라도 사고만은 치

지 않기를 바랐다.

*　　　*　　　*

다음 날, 신수의 알은 쑥쑥 자라나서 껍질을 반쯤 벗었다.

삭, 삭.

껍질의 절반에 걸쳐 보이는 녀석의 신체 일부는 단단한 껍질에 싸인 뱀 꼬리처럼 보였다.

유하는 이것이 무엇인지 굳이 생각하지 않아도 알 수 있었다.

"으음, 아무래도 현무의 새끼인 모양이군."

보통 사방신의 하나로 일컬어지는 현무이지만, 유하가 살던 동네에는 신수가 되지 못한 현무가 꽤 많았다.

그저 몬스터의 일종으로 알려지기도 한 현무는 반드시 파란색 알에서 태어난 것만이 신수로 자라날 수 있었다.

신수 현무 역시 알을 낳아준 어미가 있을 터인데, 도대체 어떻게 이곳에 알을 낳았는지 도무지 알 길이 없었다.

아마도 유하가 환생하면서 무언가 알 수 없는 힘이 작용한 것인지도 모른다.

아직까지 하늘의 뜻을 제대로 헤아릴 수 없는 유하로선 도대체 이 신수가 왜 지구에 있는지 알 길이 없었다.

일이야 어찌 되었든 이제부터 유하는 이 신수를 잘 키워서 살 곳을 찾아갈 수 있도록 해주어야 한다.

"식구가 하나 더 늘었군."

생명이 붙은 것은 함부로 버릴 수 없는 법. 차라리 키워서 잡아먹는 한이 있어도 끝까지 책임져야 한다는 것이 유하의 신조다.

유하는 녀석을 감싸고 있는 껍질을 손수 벗겨주었다.

그러자 현무 새끼의 등껍질에서 길쭉한 머리가 툭하니 솟아나왔다.

─끼룩?

"네 녀석이 나를 따라온 놈이구나."

─끼룩끼룩?

"뻔뻔한 놈. 말 한마디 없이 나를 따라오다니 얼굴이 참으로 두꺼운 녀석이군."

유하는 손바닥만 한 현무를 잡아 올렸다.

파닥파닥!

아직은 도력이 제대로 영글지 못해 하늘을 날아다니지는 못하는 모양이다.

유하는 녀석의 꼬리에 도환봉의 일부분을 도려내 만든 고리를 걸어주었다.

이 고리는 녀석이 사고를 치거나 남들 앞에 함부로 모습을 드러내면 즉각 유하에게 충격이 전해진다.

아주 약한 전기 충격이 전해지면 녀석이 어디에 있는지 파악할 수 있다.

보통은 흉악한 괴수를 잡아 지하 감옥에 가둘 때나 사용하는 물건이지만, 앞으로 녀석과 공동체 생활을 하자면 꼭 필요한 물건이다.

그는 고리를 꼬리에 채우면서 만어로 된 문자 두 개를 새겨 넣었다.

'자라.'

"넌 이제부터 자라다."

—끼룩?

유하는 이 현무를 자라라고 부르며 객식구로 돌보아주기로 했다.

*　　　*　　　*

이제 태어난 지 얼마 되지 않은 자라지만 꽤나 진득한 도력을 품고 있었다.

우우우웅.

유하는 자라가 물에 들어가자마자 내뿜는 푸른색 기운을 바라보며 녀석이 얼마나 알에 오랫동안 갇혀 있었는지 가늠해 보았다.

"으음, 아무래도 족히 60년은 지난 것 같군."

—끼룩?

60년, 그러니까 천간(天干)과 지지(地支)가 한 바퀴 돌아 갑(甲)이 처음부터 다시 시작한다고 하여 환갑이라고 부른다.

60년을 갑자라고 부르는데, 이 정도의 도력이면 한 사람이 하늘의 뜻을 깨우칠 정도의 시간이다.

그러니까 자라는 지금 한 사람이 자연을 이해하고 하늘의 뜻까지 깨우칠 정도의 시간 동안 아주 차곡차곡 도력을 품고 있었던 것이다.

아직까지 그 도력이 제대로 영글지 못해서 사용하지 못할 뿐이지 도력은 실로 대단한 것이었다.

"쩝, 몸에 좋긴 하겠군."

—끼, 끼룩?

"걱정하지 마라. 네가 잘못하는 일만 없으면 잡아먹는 일은 없을 테니."

세상에 신수를 잡아먹는 사람은 없을 테지만, 큰 사고를 치면 어쩔 수 없이 사회에 좋은 일을 할 수 있도록 유하에게로 환원(?)되어야 한다.

이런 유하의 개똥철학을 자라가 이해할지는 몰라도 일단

밥값은 할 수 있을 것으로 보였다.

유하는 자라를 데리고 밭으로 향했다.

"자, 저 밭이 보이지? 이제부터 네가 할 일은 이곳에 물을 주는 것이다. 명심해라. 농작물이 죽으면 곤란해."

―끼룩!

자라는 유하가 시키는 대로 밭에 물을 주기 시작했다.

촤락!

"오, 오오오오!"

유하의 손바닥만 한 자라의 몸에서 뿜어져 나온 물의 양은 산불을 끄고도 남을 정도였다.

너무 많은 물이 밭에 차면 차라리 주지 않느니만 못하다.

"현운, 물을 빨아들여."

뭉게뭉게!

현운은 밭을 돌아다니면서 넘쳐나는 물을 잔뜩 머금었고, 그 탓에 덕지덕지 때 묻은 솜뭉치처럼 보였다.

"쯧쯧, 몰골이 아주 말이 아니구나."

뭉게뭉게.

"어쩔 수 없어. 네가 운이 없을 뿐이다."

앞으로 자라가 제대로 일을 할 때까지 고생할 이는 다름 아닌 현운일 듯하다.

$*$　　　$*$　　　$*$

집으로 돌아오는 길.

자라는 유하의 곁에서 떠날 줄을 몰랐다.

"어허, 밭에 있으라니까!"

―끼룩.

"거참, 사람 귀찮게 만드는 녀석이군."

유하는 자라의 몸을 들어 녀석의 머리를 집어넣고 꼬리를 천으로 감추었다.

마치 붕대로 몸을 친친 감아놓은 모습이지만, 이 정도면 파란색 거북이라고 착각할 정도였다.

"으음, 이 정도면 되려나?"

―끼룩?

"후우, 생각보다 손이 많이 가는 녀석이군. 가자."

―끼룩!

유하는 파란색 거북이 자라를 데리고 집으로 향했다.

늦은 시간, 두 동생은 유하가 돌아오기만을 기다리다가 이내 밥상을 펴고 있었다.

"오빠!"

"그래, 아직도 저녁 전이야?"

"응! 오빠가 와야 밥을 먹지!"

"알았다. 다음부턴 좀 일찍 들어올게."

아무리 말해도 유하가 오기 전까진 밥을 먹지 않는 동생들의 습성은 아마도 그가 헛간 생활을 할 때부터 시작되었다.

동생들이야 학교에서 무료 급식을 먹는다고 해도 유하는 제대로 끼니를 때우기가 쉽지 않았다.

때문에 밥을 굶기가 일쑤였는데, 유채는 그런 유하 때문에 그가 오기 전엔 저녁을 먹지 않았다.

아마도 그것이 습관이 되어 지금까지 둘이선 절대 식사를 하지 않는 모양이다.

이 역시 가난이 남긴 상처의 일부분이라고 생각하니 유하는 가슴이 아파왔다.

"자, 밥 먹자."

"응!"

유하는 이내 평상에 걸터앉아 수저를 들었는데, 유채가 연신 고개를 갸웃거렸다.

"그런데 오빠, 오빠 옆에 있는 그 파란색 돌멩이는 뭐야?"

"돌멩이?"

그가 파란색 돌멩이를 살짝 건드리자 자라가 고개를 빼꼼히 내밀었다.

―끼룩?

"어? 거북이 아니야?"

"뭐, 그렇지."

"거북이가 파란색이네. 그거 얼마 못 살고 죽는 녀석 아니야?"

"용봉탕으로 팔아먹자!"

―끼, 끼룩.

유하는 식겁하는 자라를 등 뒤로 숨겼다.

"머, 먹을 것으로 데려온 것 아니니까 가만해 내버려 둬. 이제 내가 키울 거야."

"오빠가 거북이를? 자라도 아니고?"

"일이 그렇게 되었어. 그러니까 먹을 생각은 절대로 하지 마."

"알겠어."

"쳇, 아쉽군."

다른 집 여자애들 같으면 귀엽니 어쩌니 하며 말이 많을 테지만 유하의 동생들은 전혀 그런 상큼함이 없었다.

오히려 유하보다 먼저 용봉탕으로 끓여 팔아먹자는 제안이 나올 정도이다.

'무서운 녀석들이군.'

아마도 두 동생은 그와 함께 힘겨운 세월을 보내며 지금처럼 실용주의로 돌아선 것이 아닌가 싶다.

유하 덕분에 목숨을 건진 자라는 서늘한 간담을 쓸어내렸다.

*   *   *

자라가 유하에게 온 지 약 보름 후, 이제 슬슬 도환봉도 그 모습을 갖추어갔다.

슬슬 특유의 푸른색을 띠며 나무 안에 잠들어 있던 영기가 밖으로 표출되고 있었다.

"으음, 빛깔이 꽤나 괜찮군."

유하는 아주 운 좋게 이 나무를 발견했지만, 그 우연히 발견한 나무는 최상품 도환봉으로 탈바꿈할 것이다.

그가 로또를 사야겠다고 마음먹을 정도면 그 가치는 무척 대단한 것이다.

유하는 이제 제법 안정적으로 밭에 물을 주고 있는 자라를 바라보았다.

녀석은 밭의 이곳저곳을 돌아다니며 물을 주고 있었는데, 그 효율이 오히려 현운보다 나을 정도였다.

"아주 못 써먹을 녀석은 아니군."

―끼룩끼룩.

세상에 신수로 밭을 일구는 사람이라니 도사들이 알면 까무러칠 일이다.

하지만 이 또한 유하와 자라가 함께 공생하는 과정 중 하나라고 생각하면 공정한 셈이다.

유하는 자라에게 도환을 주고 자라는 유하에게 노동력을 제공하니 이보다 더 좋은 일이 없었다.

하지만 문제가 하나 있다면, 현무는 물의 태음에 속하기 때문에 뼛속 깊이 죽음의 기운을 머금고 있다는 것이다.

자라는 밭을 돌아다니며 쓸모없는 해충들을 잡아먹었는데, 이것은 녀석에게 별 영양가가 없었다.

녀석은 이것을 여흥거리로 생각하는 모양이었다.

─샤라라락!

머리가 아주 빠르게 늘어나 자신보다 더 큰 나방을 잡아먹는 자라의 얼굴에 언뜻 만족감이 어리는 것 같았다.

'제어를 잘 하지 않으면 큰일 나겠군.'

과연 현무가 제대로 된 신수가 되기 전까지 유하가 예전의 힘을 회복할 수 있을지는 모르겠지만, 폭주하지 않도록 제대로 보살핀다면 최소한 사고는 치지 않을 것이다.

유하는 넋을 놓고 녀석을 바라보다 이내 해가 지고 있다는 것을 깨달았다.

"어이쿠, 시간이 벌써 이렇게 되었군."

―끼룩, 끼룩.

그는 자라의 엉덩이를 붕대로 친친 감아놓고는 이내 집으로 향했다.

제8장
활로를 찾다

　다도의 상징이라고 불리는 전남이니만큼 그 근방에는 영천 말고도 무수히 많은 마을이 있었다.

　100가구 이상 사는 섬부터 단독으로 생활하는 반 무인도까지 그 특성도 다양했다.

　하지만 중요한 것은 목포, 신안, 무안 인근 섬에는 하나같이 공통점이 있는데 그것은 바로 먼 바다를 지나 일일이 장을 보기 힘들다는 점이다.

　가란도, 매화도, 선도, 병풍도 등등 엄청나게 많은 이 섬에 5일장, 7일장이 들어서기란 그리 쉽지가 않았다.

비교적 큰 섬이라면 몰라도 사람이 100가구 이하인 곳에 시장이 들어설 리 없었다.

때문에 이곳 사람들은 하루에 몇 번 오지 않는 배를 타고 먼 육지까지 나가 장을 봐와야 했다.

대부분은 현지에서 거의 모든 것을 조달해서 사용하고 있지만, 사람의 생활이라는 것이 어디 그리 호락호락하던가?

하다못해 휴지 한 장, 옷 하나 구하기가 그리 녹록지가 않았다.

그런 상황에 그 좁은 섬에서 그리 많은 쌀과 야채 등을 구할 수 있을 리 없었다.

때문에 마을이 꽤나 오지에 있는 사람들은 멀리 배를 타고 나가 장을 봐 돌아오는데, 나간 김에 꽤나 묵직하게 물건을 사서 돌아왔다.

그래야 당분간 밖으로 나가지 않고도 생활이 가능하기 때문이다.

그런데 만약 이곳에 물건을 알아서 배달해 주는 사람이 있다면 상당히 편할 것이다.

유하는 이런 시골 마을에 사는 사람들을 상대로 배달 장사를 하기로 마음먹었다.

요즘 인터넷이 대세라곤 하지만 평균적으로 70대 이상의 노인들은 쇼핑몰에서 물건을 시키는 일이 그리 만만치 않았다.

더군다나 목포 다도해 근처에 사는 토착민의 경우엔 대부분이 노인이었다.

그나마 젊은 사람들이 마을에 있다면 다행이지만, 그들이 일일이 가가호호를 챙길 수는 없었다.

그래서 유하는 섬에 홀로 사는 노인들이나 육지와 왕래가 다소 어려운 사람들에게 비교적 저렴하게 김치를 판매하기로 했다.

그러나 이 또한 입소문이 중요하기 때문에 영업이 필요했다.

유하는 각 섬에 있는 마을회관과 노인정을 찾아다니면서 김치를 돌리기로 했다.

탈탈탈탈.

오늘은 유하가 고기를 잡던 고깃배가 김치를 배달하는 통통배로 그 용도가 바뀌었다.

물고기를 저장하던 지하 선실을 비우고 그 안에 김치를 보관할 수 있는 통을 설치했다.

그리고 선실에는 가가호호 돌릴 휴지가 한 아름 쌓여 있다.

오늘 첫 번째로 돌 곳은 양회도로 이 마을에는 노인이 약 열다섯 가구 정도 살고 있었다.

유하는 양회도에 배를 대고 주말을 맞아 노인정에 모여 있는 마을 사람들을 향해 걸음을 옮겼다.

똑똑.

노인정에 도착한 유하는 정중하게 문을 두드렸다.

하지만 역시나 귀가 잘 들리지 않는 노인들에게 이 작은 노크 소리는 별 소용이 없었다.

쿵쿵쿵!

"어르신들!"

아주 거세게 문을 두드리니 그제야 한 노인이 미닫이문 사이로 빠끔히 고개를 내밀었다.

"이잉? 자넨 누군가?"

"육지에서 온 강유하라고 합니다. 김치를 팔고 있어요."

"김치?"

"제가 직접 담근 김치를 한번 선보이려 왔는데, 시식 한번 해보시겠어요?"

"시식? 그거 돈 내야 하는 것 아니야?"

"아닙니다."

"이잉."

노인은 유하를 미심쩍은 눈초리로 쳐다보았고, 그는 김치와 함께 휴지를 내밀었다.

"그냥 온 것은 아니고, 김치를 받아 가시면 휴지를 함께 드립니다."

"휴지?"

"네, 휴지요."

"으음, 휴지라……."

그는 노인에게서 약하게 술 냄새가 나는 것을 알 수 있었다.

유하는 매일 낮이고 밤이고 힘이 들 때마다 소주를 한 잔씩 마시면서 일했다.

당연히 배에는 술이 쌓여 있었다.

"약주 한잔하시겠어요?"

"수, 술?"

"김치전에 막걸리 어떠십니까?"

"오오, 좋지!"

역시 공략하는 데 있어 가장 중요한 것은 그 특성을 파악하는 일이었다.

이 동네는 남녀 성비가 꽤 맞지 않아서 홀로 사는 남성이 많았다.

그러니 당연히 휴지보다는 김치전에 막걸리로 포섭해야 할 터였다.

'조사가 부족했군.'

유하는 급한 대로 배에서 막걸리를 꺼내고 노인정에 있는 조리기구로 김치전을 부쳐 마을 사람들을 대접하기로 했다.

　1차 방문 판매에서 무려 열 건의 계약을 따내는 쾌거를 이루었다.

　유하는 이곳에 올 때마다 도매로 물건을 떼어다 주기로 했는데, 이것은 시장에서 10년 넘게 일해 온 그의 인맥 덕분이었다.

　노인들이 필요한 물건을 마진 없이 가져다주고 그는 김치를 팔아 돈을 받았다.

　가가호호 몇 세대 안 되는 마을이라곤 해도 이런 마을이 쌓이다 보면 꽤나 짭짤한 수익을 올릴 수 있을 것이다.

　그 이후로 유하는 전남 무안, 목포, 신안 지방을 돌면서 차례대로 김치를 판촉했다.

　이 모든 지역을 다 도는 데 걸린 시간도 만만치 않지만, 그가 공략할 대상은 또 있었다.

　전남은 영산강 줄기를 따라서 거의 모든 민물 길이 연결되어 있었다.

　이곳을 따라 거슬러 올라가면 거의 전라도 전 지역에 미치는 광활한 물길을 만날 수 있게 된다.

　남한 4대 대표 강에 속하는 이 영산강이야말로 전북의 젖

줄인 셈이다.

최근에는 댐과 방조 시설로 인해 막혀 있던 영산강 뱃길이 열리면서 목포와 무안 일대를 잇는 운하가 개통되었다.

유하는 이 영산강 하구를 따라서 배를 몰며 김치를 배달하게 될 것이다.

솨아아아아!

유하는 어선에 비해 비교적 작은 배를 준비하고 그 위에 오토바이와 김치를 싣고 다니면서 목포 인근 뱃길을 따라 이동했다.

오늘은 영천에서 약 30분가량 걸리는 영만리에 배를 대고 판촉 활동을 하기로 했다.

이곳 영만리는 총 50가구 정도가 사는 마을로 민물조업이나 농업에 종사했다.

하지만 영만리는 평야지대가 많은 곳이라 배추 농사는 그리 많지가 않고 소금 생산 또한 많지 않았다.

때문에 소금과 배추를 타 지역에서 가지고 오는 사람이 꽤 많았다.

유하는 이곳에 김치와 소금을 들고 다니면서 판촉 행사를 시작했다.

오늘 가장 먼저 들른 곳은 마을회관. 여름을 맞아 관광객 유치 전략을 구상하고 있는 듯했다.

민물조업에 종사하는 사람들은 대부분 집에서 식당을 겸업하기 때문에 분명 맛있는 김치를 가져다주면 좋아할 것이다.

일일이 김장을 하느니 적당히 맛있는 김치를 쓰는 것이 이 사람들에겐 이득이기 때문이다.

유하는 마을회관 앞에 김치통을 내려놓고 소리쳤다.

"김치가 왔습니다! 맛 좀 보고 가세요! 마음에 드시면 쪽포기로 나누어 드립니다!"

배추 4분의 1포기를 뜻하는 쪽포기를 준다는 소리에 마을 아낙들이 하나둘씩 관심을 보였다.

이 마을에 판촉 활동이 그리 잦지는 않을 테니 이 또한 진풍경이 될 터였다.

아낙들과 노파들은 유하가 잘라놓은 김치를 한 조각씩 가져가 맛을 보았다.

그리고 잠시 후 그들은 하나같이 고개를 끄덕이며 유하에게 김치의 출처를 물었다.

"어디서 온 김치예요?"

"영천에서 왔습니다. 영천만에서 잡은 물고기로 젓갈을 담그고 그곳에서 얻은 소금으로 염장했습니다. 배추 또한 해수로 절였고요."

"으음, 그래서 이렇게 감칠맛이 나는군."

"모두 이 고장에서 얻은 것들입니다. 신토불이라는 말이 있지요. 저는 그 신조를 무조건 지킵니다."

"어쩐지."

"어때요? 한 봉지씩 드릴까요? 시식으로 드시는 것은 공짜입니다."

"그래요. 한 봉지 주세요."

"예, 알겠습니다."

한 아낙이 손을 들자 그녀를 따라서 꽤 많은 사람이 손을 들었다.

"저도 주세요."

"저도요."

"예, 알겠습니다! 잠시만 기다리세요!"

혼자 염장에 배달까지 다니려면 허리가 휘지만, 그래도 예전에 비해 작업량이 상당히 많이 줄어서 도긴개긴이다.

어차피 10년을 넘게 해온 생활, 조금 더 한다고 손해 볼 것 없다고 생각하는 유하다.

그는 오늘 가지고 온 김치를 적당히 나누어 주고 다음 마을로 향했다.

*   *   *

목포시장, 이곳으로 한 대의 특장 차량이 들어섰다.

이 특장 차량에는 POA물산이라는 로고가 적혀 있고, 그 차에서 내린 사람들 역시 같은 로고가 적힌 옷을 입고 있었다.

이곳에서 내리는 물건은 전부 각양각색의 로고가 찍혀 있어 POA물산이 유통물을 짜깁기해서 판매하는 단순 유통회사라는 것을 알 수 있었다.

"자자, 어서 작업부터 하자고!"

"예!"

꽤나 건실해 보이는 이 청년들에 대해선 시장 사람들의 평가가 두 갈래로 갈렸다.

하나는 이 청년들이 정직하고 공명정대해서 딱 필요한 만큼의 이문만 남긴다는 것이다.

그리고 또 하나는 이들 때문에 떨어져 나간 상인이 한둘이 아니라, POA물산은 없어져야 한다는 것이다.

POA물산에서 물건을 받는 상인들은 이들이 제시한 가격을 상당히 마음에 들어 했다.

이들이 대부분의 물건을 3분의 1가량 비싼 값에 팔아주는 덕분에 관련 상인들의 어깨는 한결 가벼워졌던 것이다.

하지만 그 밖의 물건은 대부분 오르거나 아예 밑바닥까지 주저앉아 전혀 수지가 맞지 않았다.

한 가지가 오르면 한 가지가 내리는 시장의 균형이 언뜻 맞아가는 것처럼 보였다.

POA에서 물건을 받지 않는 사람들은 엄청난 고역에 시달리고 있었는데, POA에서 물건을 쥐고 안 팔거나 값을 미친 듯이 높게 책정하는 바람에 계속해 적자를 보고 있는 실정이었다.

그러니 안 그래도 불경기에 목숨 줄이 간당간당하던 점포들이 우수죽순 떨어져 나간 것이다.

이처럼 POA의 평가는 극명하게 갈리는 가운데 좋아하는 사람들은 쌍수를 들어 반기는 분위기였다.

"어이구, 자네들 왔나?!"

"많이 파셨지요? 요즘 물건이 잘 나간다는 소리를 종종 듣습니다."

"하하, 그랬나? 덕분에 살았지 뭔가?"

원래 물가라는 것은 무언가가 오르면 다른 무언가는 떨어지는 저울과도 같은 구조로 되어 있다.

때문에 시장 사람들은 살 사람은 살고 죽을 사람은 어차피 죽는다고 말하곤 했다.

그 모든 것이 올해의 기후, 경상수지, 원자재값에 따라서 변동되기 때문이다.

하지만 그것은 어디까지나 원론적인 소리이고 현재 목포 시장에선 이 모든 것이 한 가지 요인에 의해서 좌지우지되고 있었다.

그것은 바로 이 선량해 보이는 POA가 물건을 풀 때 값이 내려가고 꽁꽁 싸매고 풀지 않을 때는 값이 오른다는 것이었다.

이 중첩을 맞춘다면 값이 동결되겠지만, 이들은 그런 중간치를 쳐다보는 사람들이 아니었다.

POA물산은 교묘하게 물건을 풀었다 조였다 반복하며 물건값을 조작했다.

이 때문에 죽어나는 곳은 아예 폭삭 망해 버리고, 흥한 곳은 바짝 벌어서 한 해를 아주 신명하게 보냈다.

이는 분명 공정거래법에 위반되는 행위였지만 이들을 경찰이 직접 수사하거나 공정거래위원회가 내사할 수는 없는 노릇이었다.

이들이 물건을 싼값에 지급하는 것은 분명했지만 독과점이나 매점매석 행위를 자행한 것에 대한 증거가 없기 때문이다.

분명 아무런 관계가 없는 회사들이 물건을 매집해서 값을 조작하고 있었고, POA물산은 그 회사의 실질적 지주회사였다.

다만 이것이 겉으로 드러나지 않았을 뿐이다.

실제로 이들 때문에 손해를 보고 있는 사람들의 경우엔 심사가 뒤틀려서 하지 않던 행동까지 하고 있었다.

POA물산에서 나온 직원들은 첫 집에 물건을 내려주고 다음 집으로 향하려 차를 몰았다.

하지만 어쩐지 다음 집에 물건을 내리기 위해 차를 댈 공간에 누군가 떡하니 물건을 쌓아두었다.

"…누구야?"

"아마 앞집 윤씨인 것 같습니다."

"거참, 이제 하다하다 꼬장까지 부리는군."

"어떻게 할까요?"

"귀찮게 하는 놈이군. 그냥 오늘은 짐을 도수로 옮기고 다음부터는 이런 일이 없도록 깔끔하게 처리해라."

"예, 알겠습니다."

이윽고 상가 앞에 있는 짐을 에둘러 돌아가 배달하던 POA물산 앞에 물건 주인이 나타났다.

그리고는 아주 여유롭게 하나하나 물건을 옮겼다.

"어허, 오늘은 허리가 좀 아파서……."

"……."

사람들은 POA가 밉지만 물건을 쌓아둔 윤씨도 정상은 아니라고 생각했다.

하지만 심사가 뒤틀린 윤씨가 그런 것을 신경 쓸 리 없었다.

"흥! 다음부턴 아예 이 길목으로 지나다니지도 못하게 해 줄 테다!"

윤씨의 으름장에도 청년들은 묵묵히 짐을 날랐고, 예정대로 일을 모두 끝냈다.

＊　　　＊　　　＊

그날 저녁, 윤씨는 가게의 문을 조금 늦게 닫고 집으로 돌아가고 있었다.

아까 그 청년들에게 행패를 부리느라 시간을 잡아먹었더니 정리하는 데 꽤 고생했다.

"젠장, 이게 도대체 뭐 하는 짓이야?"

요즘 POA물산 때문에 괴로운 그에겐 이 정도 방해공작은 아무것도 아니었다.

만약 할 수만 있다면 더한 짓도 하고 싶은 윤씨였다.

그가 터덜터덜 걸어서 집으로 돌아가고 있는 바로 그때였다.

부아아아앙!

저 멀리서 한 대의 오토바이가 달려오더니 그의 어깨를 강목으로 후려쳤다.

빠악!

"크아아아악!"

어깨가 탈골되면서 엄청난 고통이 수반됐고, 윤씨는 그대로 그 자리에 쓰러지고 말았다.

하지만 의문의 사내는 그것으로 끝내지 않고 다시 돌아와 윤씨의 오른쪽 팔꿈치를 있는 힘껏 내려쳤다.

퍼억!

"으아아아아아악!"

이윽고 몽둥이를 바닥에 버린 사내는 모습을 감추었고, 그 자리에 덩그러니 남은 윤씨는 한참 동안 고통에 몸부림쳐야 했다.

이 무지막지한 일을 저지른 청년은 윤씨가 누워 있는 곳에서 멀리 달려가 어딘가로 전화를 걸었다.

"처리했습니다, 형님."

―그래, 수고했다.

청년은 오늘 낮에 깔끔하게 처리하라고 명령을 받은 남자였다.

그는 처리라는 단어를 이런 식으로 이해하고 사람을 무지막지하게 쥐어 팬 모양이다.

결국 윤씨는 지나가던 행인에 의해 병원으로 실려 갔고, 청년은 유유히 모습을 감추었다.

＊　　　＊　　　＊

요즘 시장에는 흉흉한 소문이 돌고 있었다.

그것은 바로 POA물산의 독과점에 반발하는 행실을 보인 사람들이 하나둘 점포를 떠나고 있다는 것이다.

물가 상승의 한가운데 있는 사람들의 경우엔 당연히 POA물산에 반하는 모습을 보일 테고, 이것은 생존을 위한 몸부림이나 마찬가지였다.

하지만 그런 생존의 투쟁까지 무력으로 싹둑 잘라 버리다니, 참으로 천인공노할 만행이 아닐 수 없었다.

점포를 떠난 사람들에겐 참으로 안된 일이지만, 유하에겐 오히려 기회가 되었다.

김치와 젓갈을 판매할 수 있는 버젓한 점포를 낼 수 있었던 것이다.

쿵짝, 쿵짝!

유하는 요란하지는 않지만 크게 음악을 틀어놓고 오늘 김가네 젓갈이 새롭게 오픈했음을 알렸다.

이제 김치 공장에서 담근 물건은 모두 이곳으로 옮겨져 판매될 것이고, 섬과 강변 지역으로 판매될 물건은 따로 분류했다.

한마디로 이곳에서부터 유하의 도약은 시작될 것이다.

그는 집에서 직접 삶은 머리 고기를 가지고 다니면서 오픈했음을 알렸다.

"편육입니다. 좀 드시지요."

"어이쿠, 유하 아닌가? 이젠 경쟁 업체로 나타났군그래."

"전화위복이지요."

거래처가 아닌 곳도 가가호호 찾아다니면서 편육을 돌리니 사람들의 반응은 상당히 좋았다.

요즘 김칫값이 꽤나 올라서 공짜로 쪽포기를 받는 일이 상당히 즐거웠기 때문이다.

최근에는 김치 점포들이 하나둘 문을 닫고 있었는데, 그 이유는 목포시장의 김치 부자재의 가격 파동 때문이었다.

소금 가격이 떨어지면서 다른 야채 가격이 거의 무분별하다고 생각될 정도로 올랐던 것이다.

특히나 고춧가루의 경우엔 국내산과 중국산을 가리지 않고 값이 천정부지로 뛰었다.

그렇다고 타 지역에서 가지고 온 고춧가루는 중간상인인 POA물산이 압력을 넣어 반품시켜 버리니 이렇다 할 방법이 없었다.

김치를 전문적으로 담아 팔던 점포들은 업종을 바꾸어 새 장사를 꾸리거나 아예 장사 기반을 타 지역으로 옮겼다.

원래 이런 독과점 행위는 공정거래법에 위배되는 행위이

지만, 이렇다 할 증거가 없었다.

덕분에 김치를 담가 파는 업체가 없으니 목포 지역에서 직접 담은 지역 김치는 값이 계속 오르고 있었다.

해서 다른 점포들은 값을 올리고 있었지만, 유하만큼은 한 달 동안 가격 변동이 거의 없었다.

다만 배춧값이 올랐으니 그에 대한 상승 폭을 아주 소폭 적용했을 뿐이다.

대부분의 상인이 그를 반기고 있었지만 그렇지 않은 사람들도 있었다.

POA물산이라는 마크가 달린 점퍼를 입은 사내들이 유하에게 관심을 보였다.

"새로 점포가 열렸군요."

"김치 맛 좀 보고 가시죠."

"아닙니다. 그냥 지나가는 길에 본 것뿐입니다."

그들은 유하에게 명함을 한 장 건넸다.

"혹시라도 물건이 필요하면 연락하시지요."

"예, 그렇게 하겠습니다. 혹시라도 필요하게 되면 말입니다."

"그럼."

저들의 뒷배가 건달이라는 사실은 누구나 다 알고 있는 사실이다.

하지만 유하의 입장에선 아주 성가신, 목포의 시장 물을 흐리는 미꾸라지에 불과했다.

'저놈들이 바로 POA물산이군.'

사실 저들이 없었다면 유하는 김치를 생산해서 판매하지 않았을지도 모른다.

저들이 망한 공장을 죄다 인수해 가는 바람에 설 길이 없어 김치를 담가 팔게 된 유하이다.

그러니까 저들만 없다면 유하는 조금 더 수월하게 사업을 진행할 수 있었을 터였다.

그는 멀어지는 POA물산 직원들을 바라보며 깊은 고민에 잠겼다.

*　　　*　　　*

목포 독사라고 하면 광주는 물론이고 전라도 지역에선 모르는 사람이 없을 정도로 유명했다.

그는 젊은 시절 광주역에서 상인들 고리나 뜯던 양아치 시정잡배였다.

하지만 그가 지금의 대형 자산을 굴릴 수 있게 된 것은 아주 우연치 않은 계기로 인해서였다.

독사는 20년 전 처음으로 시장에 좌판을 벌려 종합물산회사를 차렸는데, 그것은 모두 범죄와의 전쟁에서 피하기 위해서였다.

당시 한국에는 범죄와의 전쟁이 선포되어 전국에 있는 시정잡배들과 건달들이 모두 감옥살이를 하게 되었다.

조직의 보스들은 한번 감옥에 들어가면 최소 무기징역에 잘못하면 사형을 선고받는 경우도 있었다.

그러니 제아무리 독사라고 해도 범죄와의 전쟁에서 더 이상 활보할 수가 없었던 것이다.

그는 일단 소나기를 피하자는 심정으로 물산회사를 세웠는데, 그 물산회사에 들어간 자금이 무려 3억이었다.

동네 시장에 세워진 물산회사로선 상당히 큰 규모였지만, 대부분은 자신의 범죄 혐의를 숨기기 위해 이것저것 쓸데없는 물건을 사재기해서 불린 것이었다.

하지만 이 쓸데없어 보이던 사재기가 의외로 독사가 제2의 도약을 할 수 있도록 도와주는 계기가 되었다.

독사는 시장에 있는 설탕이란 설탕은 모조리 긁어모아서 창고에 보관하고 있었는데, 때마침 시장에 설탕 파동이 일었다.

아프리카에서 직수입해 오던 사탕수수가 기상 이변으로 인하여 수급이 제대로 되지 않았던 것이다.

그렇게 한 달 동안이나 사탕수수가 수급되지 않으니 당연히 설탕값은 미친 듯이 오를 수밖에 없었다.

그런 와중에 독사가 남은 물량을 죄다 쓸어갔으니 시장에 설탕이 남아날 리가 없었다.

그때 독사는 무려 두 배가 넘는 이문을 남기고 설탕을 팔아치울 수 있었다.

당시 독과점이라는 판단 기준은 참으로 애매했기 때문에 독사의 경우엔 안전하게 웃돈까지 받아가면서 설탕을 팔아 이득을 챙겼다.

바로 이때부터였다.

독사는 시장의 흐름에 따라서 목포 시장에 돌아다니는 물건을 무작정 사재기하기 시작했다.

처음에는 한 개의 명의로, 그러다 정부의 추격이 시작되면 여러 개의 명의로 나누어 물건을 사들였다.

목포라는 시장 자체가 그렇게 작은 것만은 아니었지만 유통망은 생각보다 한정되어 있었다.

특히나 가공품이 아닌 원자재의 경우엔 대기업의 손을 거의 타지 않기 때문에 독과점이 더 쉬웠다.

그는 마치 주식시장의 '작전'처럼 어마어마한 돈을 벌어들여 그것을 기업 M&A에 사용했다.

기업사냥을 시작한 지는 그리 오랜 세월이 흐르진 않았지만 그 저력은 꽤나 탄탄하다.

때문에 어지간한 대기업도 독사가 엮이면 그 자리에서 발을 빼는 경우가 많았다.

그런 독사에게도 목포 시장은 상당히 중요한 돈줄이었다.

"강유하라……."

광주에 위치한 독사의 사무실에 그의 부하 네 명이 찾아와 있다.

그들은 최근 한 달 동안 벌어진 목포 시장의 사건을 차례대로 그에게 보고했다.

그중에서도 독사의 관심을 끄는 대목은 유하의 이름이었다.

"그놈은 어디서 굴러먹던 놈이냐?"

"영천에서 염전을 일구고 있답니다."

"염전?"

"듣기론 그것으로 김치를 담가 팔고 있다고 합니다."

"으음, 재미있는 놈이로군."

독사는 유일하게 자신들의 가격 파동에 전혀 영향을 받지 않는 청년에 대해 전해 들었다.

유하라는 청년은 마늘값을 올려도, 고춧가루값을 올려도 끄떡없었다고 한다.

지금까지 독사가 20년 동안 독과점 장사를 해왔지만 이런 청년은 본 적이 없었다.

"지금 말한 물품들 말고 다른 물품으로도 입질을 넣어보았나?"

"물론입니다. 찹쌀에 부추까지 김치에 쓰이는 모든 재료를 다 넣어도 놈은 전혀 흔들림이 없었습니다."

"모든 식자재를 자체 조달하는 건가?"

독사가 생각했을 때 한 사람이 모든 재료를 전부 다 직접 구해서 김치를 담글 수는 없었다.

하지만 그렇지 않고선 도저히 수지타산이 맞지가 않았다.

부하들은 고개를 가로저었다.

"그럴 리가 없습니다. 한 사람이 어떻게 그 많은 자재를 조달합니까?"

"흠."

"아마 놈은 어디선가 값을 깎아서 물건을 사고 있음이 틀림없습니다."

"후후, 그런가?"

사실 독사에게 강유하라는 청년 하나는 그렇게 큰 의미가 없었다.

아무리 그가 날고 기어봤자 독사가 가진 영향권 안에 있을 뿐이고, 그가 마음만 먹으면 유하는 수면 아래로 가라앉게 될 터였다.

그러나 그에게 쏠리는 관심은 거의 불가항력처럼 그를 빨아들이고 있었다.

"놈을 좀 더 면밀히 살피도록 해라."

"강유하를 말입니까?"

"그래, 조금 더 심도 깊게 살펴봐."

"…알겠습니다. 하지만 그런 피라미를 굳이 형님께서 신경쓰실 이유가 있을까요?"

"글쎄, 그건 조금 더 두고 봐야 알 일이지."

그는 오랜만에 재미있는 놀이거리를 찾은 아이처럼 해맑은 미소를 지었다.

*　　　*　　　*

유하가 오래도록 시장에서 버틸 수 있던 것은 모든 자재를 그가 직접 재배하기 때문이었다.

하지만 그렇지 못한 가게들은 벌써 줄초상을 당하고 있었다.

물가가 하루에도 몇 번씩 오르내리는 판국에 제대로 버틸 수 있는 장사꾼이 있을 리 없었다.

더군다나 무안이나 신안 지역으로 옮겨 다니면서 장사를 하기도 했는데, 독사의 독과점 지역을 벗어난다고 해도 거기서 거기이니 뛰어봐야 벼룩이었다.

유하는 하루가 멀다 하고 죽어나가는 가게들을 바라보며 씁쓸한 표정을 지었다.

'내가 이 장사에서 손을 떼야 하나?'

그는 자신이 과연 이 시장에 있는 것이 잘하는 것인가에 대한 의구심이 들기 시작했다.

분명 그는 독사가 자신을 궁지로 몰아넣기 위해 별의별 짓을 다 하고 있다는 사실을 알고 있었다.

아는 사람은 다 아는 그 사실 때문인지 주변에선 유하를 썩 곱게 쳐다보지 않았다.

바로 며칠 전까지만 해도 유하의 공짜 김치를 먹고 좋아하던 사람들이 맞는가 싶기도 했다.

그런 그를 오로지 인간적으로 받아주는 사람은 이부진뿐이었다.

그는 멍하니 짐을 싸는 상인들을 바라보고 있는 유하에게 다가와 막걸리를 한 통 건넸다.

"어이, 유하. 막걸리 한 통에 김치 반 포기 어때?"

"어르신 오셨습니까?"

별 시답잖은 농담도 잘 받아주던 유하가 심각한 표정을 지으니 이부진은 특유의 은근한 미소를 지었다.

"자네, 무슨 고민 있는가?"

"…아닙니다. 모든 젊은이가 하는 고민 같은 것이지요."

그는 유하의 어깨를 두드리며 말했다.

"가끔 나는 자네가 이 세상의 도란 도는 다 깨우친 사람처럼 보인다네."

"하하, 그럴 리가요."

"하지만 이럴 때 보면 딱 영락없는 내 손자 같은 느낌이 드는군."

이부진은 유하에게 뚜껑을 딴 막걸리를 건넸다.

"내가 마시던 건데 자네 마시게."

"그래도 됩니까?"

"자넨 항상 밑지고 나에게 김치를 주곤 하지 않나? 나도 이 정도는 해야지."

"후후, 감사합니다."

그는 깊은 고민에 빠진 유하에게 뼈 있는 조언을 했다.

"원래 사람이란 달면 삼키고 쓰면 뱉는 존재일세. 그걸 명심해. 중요한 것은 자네의 소신이라는 것을 말이야."

"감사합니다, 어르신."

"가장 중요한 것은 자네 자신이야. 다른 사람이 아니고 말이야."

"후우, 어르신의 조언을 들으니 가슴이 좀 뚫리는 것 같군요."

"껄껄, 그래. 그렇게 큰 고민일랑 접어버려. 뭔가 자네를 가로막는다면 뚫어버리게. 아주 시원하게 말이야."

"뚫는다……."

이윽고 이부진은 유하의 등짝을 살짝 후려치더니 이내 자리를 떠났다.

제9장
막힌 곳은 뚫어야 한다

　늦은 밤, 유하는 동네에서 유일하게 자신과 가깝게 지내던 친구 영민을 불러냈다.

　영민은 어려서부터 이 동네에서 주먹깨나 쓴다는 건달들과 어울려 지내다 신세를 망친 녀석이다.

　허구한 날 돈이나 빌려달라고 전화하는 백수건달이지만 의리는 참 대단한 영민이다.

　그는 유하가 오랜만에 불러내 술을 사준다고 하자 이게 도대체 무슨 영문인가 싶었다.

　유하는 그를 삼겹살집으로 불러내 소주를 한잔 마시기로

했다.

목포 시장에 있는 삼겹살집. 이곳은 유하가 어려서부터 자주 오던 단골집이다.

돼지고기 막창에 삼겹살을 섞어 먹으면 그 맛이 가히 환상적이다.

영민은 자신과 마주한 유하를 바라보며 연신 고개를 갸웃거렸다.

"이야, 네가 무슨 바람이냐? 한동안 술이라곤 배에서 마시는 대병 소주뿐이더니."

"나도 사람이다. 가끔은 밖에서 술을 마시고 싶을 때도 있지."

"어울리지 않는 짓거리를 하는군."

"내가?"

"짜식, 무슨 고민이 있는 모양이군."

그는 갑자기 자리에서 불쑥 일어섰다.

"가자."

"뭐?"

"나가자고. 오늘은 이곳에서 마시는 게 썩 내키지 않아."

"이 새끼가 미쳤나."

"글쎄, 좀 나와."

영민은 주인장에게 미안하다는 뜻으로 찡긋 윙크를 날리

더니 이내 둘만의 낚시터로 향했다.

유하네 집에서 약 15분가량 배를 타고 나가면 농어와 넙치, 임연수어, 감성돔 등이 잡히는 아주 좋은 포인트가 있다.

두 사람은 철이 들면서부터 이곳에 틀어박혀 밤새 술을 퍼마시며 낚시를 하곤 했다.

미끼는 종류별로 유하네 집에 쌓여 있으니 낚싯대와 바늘, 추 정도만 챙기면 되었다.

두 사람은 아주 오래된 낚싯대와 텐트를 쳐놓고 고기를 낚기 시작했다.

쏴아아아!

오늘은 바람이 잔잔하게 불어 꽤나 낚시가 잘될 것 같았다.

영민은 대충 낚싯대를 던져놓고 유하에게 종이컵을 건넸다.

"자, 받아."

"자식, 그냥 연안에서 고기나 구워 먹자니까."

"우리는 이게 어울려."

"하긴."

두 사람은 초장에 생라면 한 줄만 챙겨서 이곳을 찾았다.

고기가 안 잡히면 하루 종일 생라면에 소주나 주야장천 마셔대야 한다.

벼랑 끝 전술인 이 낚시 전략은 두 사람이 꽤나 오래전부터 사용해 오던 방법이다.

종이컵에 소주를 가득 따른 두 사람은 거침없이 잔을 비워 나갔다.

꿀꺽꿀꺽!

"크흐, 좋다!"

"역시 여기서 너랑 마시는 술이 제일 달구나."

"새끼, 징그럽게시리."

"큭큭큭!"

영민은 유하가 갑자기 자신을 찾아온 이유에 대해 에둘러 물었다.

"고민 있냐?"

"고민이라기보다는……."

"빙빙 돌리지 말고 말해."

유하는 조심스럽게 독사의 이름을 꺼냈다.

"있잖냐, 독사라고 알아?"

"으음, 잘 알지. 그 새끼 모르는 건달도 있나?"

건달 때문에 인생을 망친 영민에게 그에 대한 얘기를 꺼내는 것이 썩 마음에 내키지 않았다.

하지만 그는 대수롭지 않게 입을 열었다.

"독사라……. 그 새끼 아주 독종이지. 돈 때문에 사람 죽이는 것들은 상종도 말아야 한다고 배웠어. 그런데 그 새끼 그러고도 남을 새끼지."

"흐음……."

"만약 그 새끼와 엮였다 싶으면 그냥 이 바닥을 뜨는 편이 좋아. 괜히 골치만 아프거든."

"그렇군."

그는 유하의 미적지근한 태도에 고개를 갸웃거렸다.

"그나저나 오늘따라 이상하네. 그 독사라는 놈에 대해선 왜 묻는 거냐?"

"그냥 정보가 좀 필요하거든."

"정보가 필요하다면 내가 좀 알아봐 줄 수도 있어. 아직까지 그놈 밑에서 일하는 후배가 꽤 있거든."

"그래?"

"전화 한 통이면 가능한 일이지. 하지만 그래서 너에게 득이 되는 게 있어?"

"모두에게 좋을 수도 있지."

그는 자신의 잔에 술을 채워 영민에게 건넸다.

"그럼 부탁 좀 하자."

"후후, 그래, 알겠다. 술이나 한잔 더 하자."

"좋지."

두 사람은 바람을 안주 삼아 술을 한 잔 더 넘겼다.

*　　　*　　　*

　유하는 영민에게 독사의 직속 후배의 동생이라는 사람을 소개받을 수 있었다.

　조폭계에는 생각보다 복잡한 계보가 엮여 있는데, 조폭들은 동생에 동생들을 거느리며 일가를 이루었다.

　그 일가에서 분가해 따로 파를 차리지만 결국에는 한 계보로 엮여 한 보스 밑에 귀속되는 것이다.

　조폭들이 이렇게까지 계보를 따지는 이유는 자신들의 구역에서 불법 영업을 해도 눈감아주는 등의 특례 때문이다.

　한마디로 남의 구역에서 장사를 하다 걸리면 분쟁이 일어나 싸움이 벌어지게 되는 것이다.

　그런 이유 때문에 건달들은 자신들의 구역을 정해놓고 항상 이권 다툼을 벌이곤 했다.

　영민이 소개한 사람은 독사파에 속하는 조직원의 후배, 그러니까 식구로 들어가 함께 일을 도모하고 있는 이였다.

　그러니 독사의 계보에 있는 사람들과는 꽤 안면이 있을 터였다.

　유하는 가벼운 술자리에서 그를 만나 몇 마디 말을 나누어볼 생각이다.

철민이라는 이름의 영민의 동생은 그가 조직에 있을 때 항상 데리고 다니던 오른팔 같은 존재였다.

그는 유하에게도 아주 깍듯하게 인사를 건넸다.

"안녕하십니까, 형님."

"아, 예. 반갑습니다."

"말씀 낮추시죠. 어차피 형님 친구분이시면 저에게도 형님이십니다."

"그럼 그럴까?"

이 동네는 생각보다 좁아서 한 다리 건너면 거의 다 지인이나 다름없었다.

단숨에 편하게 말을 놓은 유하는 철민에게 술을 한 잔 따라 주었다.

"한 잔 받지."

"예, 형님."

유하의 잔을 아주 공손하게 받은 철민이 유하에게도 술을 권했다.

"형님도 한 잔 받으시죠."

"그럴까?"

사이좋게 술을 나누어 따른 두 사람을 바라보며 영민이 흐뭇하게 웃었다.

"그래, 남자라서 그런지 빨리 친해지는군."

"원래 내가 남자다운 남자를 좋아하잖아. 이 친구 참 괜찮은 친구 같아."

"하하, 그렇지. 철민이가 진짜 남자다운 놈이긴 하지."

"형님도 그렇습니다. 제가 원래 계집에 같은 놈은 싫어하는데 형님은 그와 정반대인 것 같아요."

"뭘, 그렇게까지……. 아무튼 고마워."

"별말씀을요."

상투적이지만 꽤 나쁘지 않은 첫인사가 지나가고, 유하는 본격적으로 말문을 열었다.

"내가 자네에게 부탁이 하나 있어."

"말씀하시지요."

"혹시 독사에 대해서 몇 가지 물어볼 수 있을까?"

"저희 큰형님에 대해 말입니까?"

깊은 고민에 빠지는 철민. 유하는 황급히 사과의 뜻을 전했다.

"아참, 독사라니……. 자네 형님을 나쁘게 말할 생각은 없었네. 기분 나빴다면 사과하지."

"아닙니다. 큰형님이라곤 해도 저희 영민이 형님을 감옥으로 보내고 헌신짝처럼 버린 놈입니다. 진심으로 모시는 사람이라곤 할 수 없지요."

철민은 영민 때문에 이 생활을 시작한 진짜 의리 있는 건달이었다.

그가 독사를 큰형님으로 모신 것도 다 영민의 상관이기 때문이었다.

하지만 독사가 영민을 버린 순간부터 그는 조직에서 발을 빼기 위해 조금씩 노력하고 있는 중이었다. 그런 그가 독사를 두둔할 리 없었다.

"언젠가 놈을 죽이려고 계획을 짰습니다. 하지만 형님께서 제지하셨지요. 그 바람에 놈을 처단할 수 없었습니다."

영민은 고개를 가로저었다.

"나 하나 인생 조졌으면 되었다. 네 인생까지 일부러 망칠 이유는 없어. 이젠 그 계획 접어버려라."

"예, 형님. 알겠습니다."

영민은 철민이 조직을 나와 제대로 된 일을 하면서 살아가기를 바랐다.

조직 내부에서 꽤 묵직한 자리에 앉은 사람치고 감방살이를 해보지 않은 사람은 없지만, 그래도 더 늦기 전에 범죄의 늪에서 빠져나오길 바라고 있었다.

유하는 이 두 사람을 위해서라도 더더욱 독사를 목포에서 밀어내야겠다고 다짐했다.

"네가 나에게 정보만 몇 가지 제공해 준다면 통쾌한 복수를 해주마."

"복수요?"

"듣는 것만으로도 속이 다 시원해질 거다."

영민은 복수라는 소리에 고개를 저었다.

"그러다 너만 위험해질 뿐이야."

"후후, 걱정하지 마라. 내가 독사와 똑같은 놈으로 보이냐? 나는 놈에게 손 하나 대지 않고 복수할 수 있는 방법을 알고 있어."

어려서부터 유하는 꽤나 무거운 입을 가지고 있어 상당히 신뢰가 두터웠다.

그런 그가 실없는 소리를 할 리 없음을 영민은 누구보다 잘 알고 있었다.

"으음, 그래. 네가 그렇다면……."

"한번 믿어봐. 아주 크게 한탕해 줄 테니까."

철민은 그를 믿는다는 듯 고개를 끄덕였다.

"좋습니다. 저는 형님을 믿습니다. 제가 뭘 도와드리면 되겠습니까?"

"놈에 대한 것이라면 뭐든 다 말해줘. 그게 나를 도와주는 일이다."

"예, 알겠습니다."

이윽고 유하는 노트를 꺼내 메모를 하기 시작했다.

＊　　　＊　　　＊

목포 시장.

이곳은 국립 백제대학교가 있는 대학로로 진입하는 길이기도 하다.

왁자지껄한 시장 통을 지나서 대학로 벚꽃 길을 지나면 유채꽃과 버들나무가 군집을 이룬 백제대학교가 그 모습을 드러낸다.

백제대학교는 대한민국 남부에서 가장 권위 있는 대학으로 문학과 예술의 요람이라고 불렸다.

서울에 있는 예술전문대학, 한국예술종합대학교와 더불어 3대 예술대학으로 꼽혔다.

이곳을 졸업한 사람들로 말하자면 전부 대한민국 문학사에 큰 획을 그었다고 한다.

한국인 최초로 노벨문학상 후보로 거론되었던 이만정 시인이나 소설가 최철진 작가가 가장 대표적이라고 할 수 있었다.

그런 백제대학교에 들어가는 일은 어려서부터 한 우물만 파지 않으면 불가능했다.

문학이라는 것은 주입식 교육에 의거한 일반적인 교과 과정과 달리 타고난 재능과 무던한 실패 경험이 필요했다.

어려서부터 창작의 고통에 대해 깨닫지 못하면 문학가, 혹은 작가라는 직업에 적응할 수가 없기 때문이다.

백제대학교는 이런 재능 있는 학생들을 골라 뽑아 가르치는데, 고등학교 교과 과정의 성적은 그리 중요하지 않았다.

출석 일수와 졸업장만이 유일한 커트라인의 기준이 되고 나머지는 모두 실기로 결정되었다.

그러니까 한마디로 백제대학교에 들어가자면 뭔가 독특한 발상이나 꾸준한 창의력을 길러놓지 못하면 들어갈 수 없다는 소리였다.

또한 그 반대로 특별한 스펙이 없어도 재능만 있다면 한국 최고의 대학에 들어갈 수 있다는 뜻이기도 했다.

이런 명문 백제대학교 앞에는 미래의 작가, 시인을 꿈꾸는 꿈나무들이 사색에 잠겨 글짓기에 빠져 있는 모습을 자주 볼 수 있었다.

목포에서 자라나 광주에서 고등학교를 나온 영미 또한 그러했다.

영미는 백제대학교 문예창작과에 수석으로 입학했으며, 고등학교를 다니던 시절에는 전북 문학제에서 금상을 두 번이나 수상했다.

그녀가 재능을 보인 분야는 소설이며, 그 소설의 짜임새와 긴장감 있는 전개가 독자들을 압도했다.

그녀는 실제 인터넷 작가로 활동하고 있으며, 백재대학교에서 가장 촉망받는 꿈나무로 꼽혔다.

백제대학교 정원의 버드나무 그늘에 앉아 수기로 소설을 집필하고 있던 그녀의 핸드폰이 울린다.

지이이이잉!

하지만 그녀는 소설 속에 빠져 계속해 팬을 움직이고 있을 뿐이다.

사각, 사각, 사각.

그녀가 좋아하는 필기구는 연필인데, 연필로 집필을 시작하면 열 시간 동안은 그 자리에서 움직이지 않는 것이 기본이었다.

영미가 연필을 좋아하는 이유는 목탄이 내는 그 특유의 질감이 좋기 때문이었다.

작가라면 누구나 하나씩 가지고 있을 징크스나 특정 집필 환경의 영향과 같은 맥락이다.

한참을 망중한 속 집필에 빠져 있던 그녀의 앞에 한 중년여성이 나타났다.

그녀는 영미와 상당히 닮은 미모의 중년여성이었다.

"영미야, 엄마야."

"……."

"영미야!"

영미는 그제야 화들짝 놀라 어머니를 바라보았다.

"어, 엄마?"

"얘는 지금 시간이 몇 신데 아직까지 이러고 있어? 밥은 먹었니?"

"밥? 지금이 몇 신데?"

"벌써 일곱 시가 넘었어. 아침에 나가서 지금까지 이러고 앉아 있다니, 정말 대단하구나."

"어, 어머나! 벌써 그렇게 되었나?"

영미는 요즘은 해가 길어져서 이만큼 시간이 흘렀다는 것을 잊어버린 모양이다.

"참, 잘못하면 글 쓰다 목숨까지 잃겠어."

"아니야. 그럴 리 없어. 나도 배가 고픈 것은 알거든."

"그래서 지금까지 먹은 것은 있고?"

"헤헤, 아니."

"하여간⋯⋯."

영미의 모친 순자는 그녀를 데리고 목포 시장으로 향했다.

"가자. 가서 국밥이라도 한 그릇 먹자고."

"앗싸! 좋지!"

모녀는 순자가 끌고 온 외제 승용차를 타고 캠퍼스를 나섰다.

영미의 아버지는 이 근방에서 아주 큰 물류회사를 운영하고 있는데, 그 수입이 중견 기업을 넘어설 정도였다.

젊어서부터 착실히 돈을 벌어 자수성가했다는 그녀의 아버지는 사회에 공헌도 하고 좋은 일도 많이 한다고 했다.

순자 역시 주말이면 교회를 다니며 봉사활동에 여념이 없었다.

요즘처럼 각박한 세상에 남을 위해 시간을 할애한다는 것은 생각처럼 그리 쉬운 일이 아니다.

하지만 그녀는 최대한 자신이 가진 것을 사회에 나누어 주어 진정한 노블레스 오블리주를 실현하려 애썼다.

영미는 그런 어머니와 아버지가 참으로 자랑스럽고 존경스럽기까지 했다.

그녀 역시 상당히 소탈하고 검소한 생활을 영유하려 하지만 부모님은 그녀에게 최대한 좋은 것만 해주고 싶어 했다.

가끔은 그런 사소한 것 때문에 충돌이 일어나긴 하지만, 이 또한 좋은 취지에서 일어나는 충돌이라 문제될 것은 없었다.

약 10분가량 차를 타고 이동한 두 모녀는 아주 허름한 국밥집 앞에 멈추어 섰다.

"우와, 다 왔다!"

"호호, 그렇게 좋니?"

"응!"

영미의 아버지 근덕은 가끔 영미를 데리고 이곳을 찾아오곤 했는데, 무려 40년 단골이라고 했다.

때문에 이 집의 주인장도 영미 모녀를 아주 잘 알고 있었다.

그녀가 신이 나서 국밥집으로 들어가려는 찰나, 한 청년이 다가와 말을 걸었다.

"저, 저기……."

그는 등이 꼽추처럼 휘었고 얼굴은 좌우 대칭이 전혀 맞지 않는 청년이었다.

거기다 도대체 얼마나 밖에서 살았는지 몸에서는 시큼털털한 냄새가 진동하고 있었다.

영미는 그런 청년에게 아주 상냥하게 답했다.

"무슨 일이시죠?"

"배가 너무 고파서 그런데… 천 원짜리 한 장만 주시면 안 될까요?"

요즘 세상에 천 원으로 도대체 뭘 어떻게 할 수 있을까 싶지만 노숙자에겐 큰 도움이 될 수도 있을 터였다.

그녀는 지갑에서 5천 원짜리 지폐 한 장을 꺼내어 내밀었다.

"받으세요. 이걸로 끼니라도 해결하세요."

"가, 감사합니다!"

꾸벅 고개를 숙인 청년이 그녀에게 말했다.

"저기, 괜찮다면 제가 점이라도 좀 봐드릴까요?"

"점이요?"

"아가씨의 집안에 큰 우환이 다가올 것 같아서 말입니다."

"우환이라니……."

바로 그때, 순자가 다가와 그녀를 잡아 끌었다.

"가자. 무슨 점이니? 아빠가 아시면 너나 나나 머리가 빡빡 깎여서 집에 들어앉아야 할 거야."

"하지만……."

"가자. 점은 무슨, 말 같지도 않은 소리 하지도 마!"

그녀는 독실한 기독교인으로 다른 종교는 아주 배타적으로 밀어내는 경향이 있었다.

하지만 그녀 또한 한때는 토속신앙을 맹신하던 사람으로 점집에 가져다 준 돈만 1억이 넘을 것이다.

이젠 개종을 했지만, 그때는 거의 반 미쳐서 무속인에게 돈을 가져다 바쳤다.

그 때문인지 그녀는 점이라는 소리만 나와도 이렇게 성질을 버럭 냈다.

"가자!"

"으, 응."

바로 그때, 국밥집으로 끌려가는 그녀를 향해 청년이 외쳤다.

"만약 이상한 일이 생기면 나를 찾아오십시오!"

"네, 네……."

마지막 경고로 자신을 각인시킨 청년은 이내 사라졌고, 두 사람은 빠르게 국밥집으로 들어갔다.

*   *   *

목포에 위치한 호화 주택가.

이곳은 순자가 소설가 유망주 영미를 키우는 집이다.

새벽녘, 교회에서 새벽기도를 마치고 돌아오던 순자는 자신의 집 지붕이 문득 아주 검다고 생각했다.

"뭐지?"

그녀의 집은 기본적인 서양의 고저택에서 아이디어를 착안하여 지었다.

그렇기 때문에 집 전체가 거의 흰색이나 회색 톤으로 되어 있었다.

집이 까만색이라는 것은 아예 있을 수도 없다는 소리다.

차에서 내려 대문에 손을 대려던 바로 그때, 그녀의 머리 위로 검은색 깃털이 떨어져 내렸다.

휘이이잉.

"어라? 검은색 깃털? 까마귀인가?"

까만색 계통의 새를 떠올리면 누구라도 까마귀를 상기시킨다.

당연하다는 듯이 까마귀를 연상시키던 그녀는 서서히 떠오르는 여명과 함께 집의 전경을 바라보았다.

까악, 까악!

"서, 설마……?"

그녀는 햇빛에 비친 집의 풍경을 자세히 살피던 그녀는 돌연 아연실색했다.

"꺄아아아악!"

원래 흰색이던 집이 검게 보인 것은 엄청난 숫자의 까마귀가 빼곡히 앉아 있었기 때문이다.

그녀는 도대체 저렇게 많은 까마귀가 언제 날아와 앉았는지 도무지 이해할 수가 없었다.

순자는 혹시나 하는 마음에 집으로 뛰어들어갔다.

"영미야!"

딸 영미가 무슨 변고를 당한 것은 아닌가 싶은 것이다.

하지만 아직도 잠에서 깨지 않은 영미는 눈을 비비며 현관문을 열었다.

"엄마, 무슨 일이야?"

"크, 큰일이야! 집 밖에 까마귀가……."

"까마귀?"

현관문 밖으로 빠끔히 고개를 내민 영미 역시 순자와 비슷하게 비명을 내질렀다.

"꺄아아아악! 이제 다 뭐야?!"

까악, 까악!

전 세계적으로 까마귀는 참으로 깊은 의미를 가진 새로 인식되어 있다.

검은색 깃털에 검은색 눈동자를 가진 까마귀를 길조라고 여기는 곳도 있고, 저승사자의 현신이라고 여기는 곳도 있었다.

하지만 한국에선 까마귀를 흉조로 생각하며 불행한 소식을 가져다주는 동물로 인식되어 있었다.

한마디로 한국의 패러다임에서 따지자면 이 많은 까마귀가 집에 앉아 있다는 것은 실로 불길한 징조였다.

그러나 이런 전제를 다 제외하더라도 유독 이 집에만 까마귀가 모여 있다는 것은 도저히 이해를 할 수 없는 일이었다.

모녀는 당장 집으로 달려 들어가 경찰에 신고부터 했다.

모녀의 신고를 받고 출동한 경찰은 동네 주민들에게 양해를 구하고 공포탄을 쏘아 올렸다.

타앙!

까악, 까악!

엄청난 숫자의 까마귀는 그제야 하나둘 집을 떠나기 시작했다.

경찰들은 이런 미스터리한 광경을 태어나 처음 본다는 듯이 고개를 갸웃거렸다.

"별일이 다 있군요. 저렇게 많은 까마귀라니, 되게 찜찜하시겠습니다."

"…뭐, 그렇지요."

보통 까마귀가 아침부터 찾아와 울면 백이면 백 재수가 없다고 생각하게 마련이다.

그런데도 불구하고 저렇게 많은 까마귀가 찾아오다니 경찰은 고개를 가로저었다.

"이것 참, 굿이라도 한 판 해야 하는 것 아닙니까?"

"굿?"

"푸닥거리 한번 푸지게 하고 나면 괜찮아질지 누가 압니까?"

순자는 경찰들에게 버럭 소리를 질렀다.

"푸닥거리라니요! 저는 독실한 크리스천이라고요!"

"아아, 그렇군요. 미안합니다. 그냥 노파심에 한 말이에요. 너무 민감하게 반응하실 필요는 없어요."

"아무리 그래도 말을 좀 삼가주세요!"

"네, 알겠습니다."

그녀는 심란한 마음에 경찰에게 화풀이를 했지만, 그래도 까마귀들이 갑자기 찾아온 것이 잊히지가 않았다.

그리고 며칠 전, 영미에게 한 청년이 한 말이 계속 머릿속에 맴돌았다.

'이런 빌어먹을 거지 같으니… 부정 탔어.'

찜찜한 마음에 오늘은 밥도 제대로 먹지 못할 것 같았다.

＊　　　＊　　　＊

같은 시각, 유하는 저 멀리서 까마귀들이 다시 산으로 돌아가고 있는 모습을 바라보았다.

그리고 그 까마귀들은 산으로 들어오자마자 나뭇잎으로 변하여 바닥으로 우수수 떨어져 내렸다.

파란색 연기를 내뿜으며 사라지는 까마귀들. 유하는 그 나뭇잎을 다시 회수하여 파란색 연기를 한곳에 모았다.

슈가가가가각!

파란색 기운은 아주 작은 도환으로 변하여 이내 유하의 몸 속으로 흡수되었다.

"으음, 좋아."

사실 아침부터 온 동네를 떠들썩하게 만들었던 까마귀 사건의 주모자는 다름 아닌 유하였다.

그는 도력으로 까마귀처럼 생긴 환영을 만들어 독사의 집을 뒤덮어버린 것이다.

아마도 저 집안사람들은 곧 꼽추로 변장한 유하를 찾아올 터였다.

"일이 슬슬 풀리는군."

독사는 자신의 가족에게는 건실한 회사를 운영하는 사장으로 알려져 있었다.

그가 시장 뒷골목에서 벌이는 말도 안 되는 사재기와 독과점 행위에 대해서 그의 가족은 전혀 아는 바가 없었다.

다만 그의 아내 순자가 젊은 시절의 독사를 아주 어렴풋이 기억하는 것이 전부였다.

그 밖의 사실에 대해선 철저히 비밀에 붙여져 있었다.

덕분에 독사의 딸은 아주 바르게 잘 자랐지만, 그가 벌이고 다닌 행적들은 도저히 눈을 뜨고 봐줄 수 없을 지경이었다.

아마도 딸이 아버지의 행적에 대해 알아챈다면 아주 큰 사달이 나지 않을까 생각하는 유하다.

그는 철민을 통해 알아낸 정보 중에서 독사의 딸과 아내에게 초점을 맞추었다.

독사의 아내 순자는 한때 도박에 미쳐서 하루가 멀다 하고 화투를 손에 쥐고 살았다.

그러면서 돈을 잃을 때마다 무속인을 찾았는데, 그때 그녀가 가져다 바친 돈을 따지면 아파트 한 채는 족히 살 수 있을 것이다.

유하는 그런 그녀의 성격과 전적을 이용하여 두 사람에게 접근한 것이다.

이제 떡밥을 던져놓았으니 유하는 그것을 거두어 올리기만 하면 되었다.

"후후, 일이 아주 재미있어지겠군."

이윽고 그는 다시 집 근처 컨테이너박스로 향했다.

컨테이너박스를 100만 원에 구입한 유하는 그곳에 변장 도구들을 보관하고 있었다.

유하는 밀가루 반죽에 도환을 섞어 만든 인면피구를 쓰고 외형이 꼽추처럼 보이게 하는 보형물을 착용했다.

그리고 실제 노숙자들이 입던 옷을 구해서 걸치고 분장을 완성했다. 그는 거울 속에 비친 자신의 모습을 바라보며 실소를 흘렸다.

"정말 영락없는 노숙자로구나."

이 정도 분장이라면 그의 동생들도 못 알아볼 것이다.

분장을 모두 마친 유하는 그녀들을 처음 만난 국밥집 골목으로 향했다.

제10장
희한한 일

까마귀 사건이 있고 난 후 순자는 도저히 가만히 집에 앉아 있을 수가 없었다.

꼽추거지가 말한 그 우환이라는 것이 과연 무엇인지 궁금해 참을 수가 없었다.

결국 그녀는 남편이 그렇게나 싫어하는 무속인을 다시 찾아가기에 이르렀다.

단골 국밥집 근처 골목, 그녀는 아침부터 거지 청년이 나타나기만을 애타게 기다리고 있었다. 하지만 점심시간이 지나도록 그는 코빼기도 보이지 않았다.

"이런 콧대 높은 거지를 보았나. 도대체 어디에 있는 거야?"

보통의 거지라면 사람이 가장 많을 시간에 국밥집 근처를 서성이다가 적선을 받아 챙길 터였다.

그러나 이 거지는 그와는 정반대로 행동하고 있었다.

거지가 동냥질을 하는 것도 분명 영업의 일환일 텐데, 그는 영업에서 가장 중요한 한 가지를 빼먹고 있었다.

그녀가 전전긍긍해하며 기다리고 있음에도 거지는 점심시간을 훌쩍 지나 세 시를 넘기고 나서도 그 모습을 찾아볼 수 없었다.

"그냥 가야 할 모양이군."

순자가 힘없이 돌아서는 바로 그때였다.

저 멀리서 한 꼽추청년이 저벅저벅 걸어오고 있는 모습이 보였다.

"와, 왔다!"

그녀는 일단 청년에게로 돌진하여 그의 팔부터 붙잡고 보았다.

"이, 이봐요!"

"네?"

"저번에 나, 나 기억나요?"

다급한 마음이 얼굴에 묻어나는 순간 청년은 고개를 갸웃거린다.

"누구……?"

"왜 있잖아요! 당신한테 5천 원 주었던 아이!"

"5천 원이라면……."

"우환이 있을 거라면서요! 그때 다시 찾아오라고 했잖아요!"

가만히 생각에 잠긴 청년, 그는 이내 무릎을 쳤다.

"아하! 생각이 나는 것 같습니다. 그 착한 아가씨와 어머니."

"그래요! 이제야 기억이 나는 모양이네!"

그녀는 일단 그의 손을 잡고 국밥집으로 들어갔다.

"들어가서 밥이나 한 끼 합시다! 아직 식전이시죠?"

"그렇긴 합니다만……."

"가요!"

함께 식당으로 들어간 그녀는 메뉴판에 적혀 있는 음식을 죄다 시키기 시작했다.

"이모, 여기 국밥 한 그릇이랑 곱창전골, 순대볶음, 돼지머리 수육, 모듬순대 하나씩 다 줘요! 대(大)자로!"

"네!"

"어, 어째서 이렇게 많은 음식을……."

"복채라고 생각해요. 남으면 싸가서 소주도 한잔하시고."

"아, 예."

이윽고 그녀는 청년에게 본격적으로 용건을 풀어놓기 시작했다.

"저번에 말씀하신 그 우환이라는 것, 어떻게 알아맞힌 건가요?"

"그냥 얼굴에 쓰여 있었습니다. 곧 이 집안에 우환이 올 수도 있겠구나 하고 말입니다."

"으음, 그건 지금 그쪽이 도사라는 말이기도 하죠?"

"그렇다고 볼 수 있습니다."

그녀는 음식으론 모자랄 것 같았는지 5만 원권 지폐를 한 장 꺼내 건넸다.

"자, 이걸로 진짜 복채 삼읍시다. 어때요?"

"네, 네?"

"다시 찾아오라고 했던 말, 뭔가 의미가 있어서 한 말이잖아요? 그러니 정식으로 복채를 내겠다고요."

청년은 그녀에게 정중히 돈을 밀어내었다.

"아닙니다. 복채는 이미 그때 다 받았습니다. 오늘 음식도 꽤나 값진 것이고요."

"하지만 돈이 내야 영발을 더 잘 받는 것 아닌가요?"

"꼭 그렇지는 않습니다."

"아하, 그렇군요."

토속신앙에서 가장 중요한 것은 영매와 시주 사이에 물적 거래가 이뤄져야 한다는 점이다.

이것은 무당들이 지금까지 살아남은 아주 중요한 요인이라고 할 수 있는데, 한국의 토속신앙은 공짜로 점을 보면 효험이 없다고 알려져 있었다.

그래서 중요한 것일수록 그에 걸맞은 돈을 내야 효과가 좋다고 인식된 것이다.

덕분에 사람들은 조금 더 위안을 받고 살아갈 수 있게 되었으며, 무속인은 꽤나 짭짤한 수익을 올리게 되었다.

이것은 아마도 생활에 안정을 주기 위해 조상들이 만든 일종의 공생제도일지도 모를 일이다.

어려서부터 점에 매달리던 그녀는 이 공생제도를 상당히 맹신하는 편이었다.

그래서 최대한 그에게 좋은 음식과 많은 돈을 지불하여 제대로 된 대답을 들으려 한 것이다.

"우리 딸에게 뭔가 피해가 있을까요? 이제 곧 신춘문예에 참가해 작가로 등단하게 될 텐데요. 그 일에 뭔가 좋지 않은 영향이 생기는 건 아니겠죠? 앞길이 구만리인 아이예요."

청년은 아주 조심스럽게 물 잔을 꺼내어 들었다.

옥빛 물 잔에는 아주 은은한 푸른색 광택이 서려 있었는데, 겉보기에도 보통 물건은 아닌 것 같았다.

"아아, 도사님은 그것으로 점을 보시나?"

"그런 셈이지요."

그는 아주 경건한 몸가짐으로 물 잔에 서서히 물을 채워나갔다.

쪼르르르르.

그리고 물 잔이 넘칠 즈음, 아주 정확하게 물을 끊어냈다.

"후우."

그런데 바로 그때, 그녀의 눈앞에서 도저히 믿을 수 없는 일이 벌어졌다.

우우우우웅.

추르르르륵!

"어, 어? 물이 없어져?"

멀쩡하게 물 잔에 들어가 있던 생수가 점점 사라져 거의 바닥을 보이기 시작한 것이다.

일반인의 상식으론 도저히 이해가 불가능한 일이었다.

"어, 어머나! 진짜 도사님 맞는 모양이네!"

"어허, 보인다, 보여!"

그녀는 청년 앞에 두 손을 탁 붙이곤 이내 고개를 위아래로 연신 흔들었다.

"아이고, 도사님, 살펴주십시오!"

"보인다, 보여! 까마귀가 온 집안을 뒤덮더니 이젠 귀신까지 보이는구나!"

"귀, 귀신이요?"

"귀신, 귀신이 보입니다. 집안에 아주 가득 보입니다. 그것
도 아주 차고 넘치는군요."

"어, 어머나!"

그는 갑자기 주머니에서 괴황지를 꺼내어 들었다.

척!

"오, 온다!"

살며시 떨려오던 그의 손가락을 타고 이내 상처도 없는데
피가 뚝뚝 떨어지기 시작했다.

"어, 어머나!"

"와, 왔다!"

청년은 괴황지에 생전 처음 보는 글귀를 미친 듯이 써내려
가기 시작했다.

슥삭, 슥삭!

"오오, 오오오!"

"비나이다, 비나이다!"

잠시 후, 청년은 마침내 괴황지 가득 상형문자를 새겨 넣어
그녀에게 내밀었다.

"받으십시오. 이것이 귀신들을 몰아내 줄 겁니다."

"아이고, 감사합니다! 감사합니다!"

"별말씀을요."

그가 작업(?)을 모두 마치고 나자마자 딱 때를 맞춰 음식이 줄줄이 이어져 나오기 시작했다.

"배가 좀 고프군요. 먹어도 되겠습니까?"

"무, 물론이죠! 이모, 여기 국밥 한 그릇 더 주세요! 나도 배가 고프네."

이윽고 두 사람은 마주 앉아 시켜놓은 음식을 먹어치우기 시작했다.

*　　　*　　　*

한차례 푸닥거리를 마치고 집으로 돌아가는 길.

유하의 양손에는 각가지 음식이 잔뜩 들려 있었다.

"이야, 이건 뭐… 괴황지값 퉁 치려고 한 장사치곤 아주 대박이 나버렸군."

괴황지는 회화나무 꽃과 열매로 한지에 염색한 종이를 말하는데, 음양오행에 의거하여 조상신이나 귀신을 부린다는 의미이다.

이 괴황지에 붉은색 글귀를 새기는 것은 음양오행 중 양에 해당하며, 불을 뜻하기도 했다.

이 불로 귀신을 다스려 역귀를 물리친다고 하는데, 실제로 도사인 유하가 보기엔 그렇게 큰 의미는 없었다.

애초에 그는 역술과는 거리가 있는 도술사이기 때문이다.

이 오리지널 괴황지를 구하는 데 애를 먹은 유하로선 그 값을 음식으로나마 받으려 했던 것이다.

유하의 경우엔 평범한 백지 한 장이면 족할 텐데, 한국의 토속신앙은 또 그런 것이 아니었기 때문이다.

"…여러모로 피곤한 체계군."

그는 음식점에선 손도 대지 않은 순대볶음과 모듬순대 등을 가지고 동생들을 찾았다.

"얘들아! 오빠 왔다!"

"와아아! 오빠다!"

막내 유나가 유하에게 달려와 품에 쏙 안긴다.

하지만 이내 그녀는 유하의 가슴에 코를 묻더니 별안간 품에서 달아났다.

"으윽! 오빠, 이게 무슨 냄새야? 무슨 쓰레기 냄새가 나?"

"아, 아하하! 별것 아니야. 내가 쓰레기를 좀 만지고 와서 그래."

"큽, 어서 좀 씻어."

"그래, 그래."

그는 동생들에게 음식을 건넸다.

"오늘 굿판에 다녀왔는데 거기서 주더라. 상에 올랐던 것이긴 한데 손은 안 댔어."

"오오! 곱창전골 죽이지! 여기에 순대까지?"

"후후, 많이 먹어라."

이내 씻으러 헛간에 들어가는 유하, 그를 바라보며 유채가 물었다.

"오빠, 오빠 요즘 뭐 하는데 집에 잘 안 들어와?"

"으, 응?"

"통 집에 안 들어오질 않잖아."

"그, 그게……."

"오빠 혹시……."

그녀의 미간이 좁아지려는 찰나 유나가 말을 끊었다.

"배고파!"

"그, 그래. 어서 씻고 올게."

아마도 막내는 큰오빠를 추궁하는 언니의 말투에서 뭔가 위기의식을 느낀 모양이다.

이윽고 유나는 후다닥 방으로 뛰어들어갔고, 유채는 가자 미눈을 했다.

"흠, 뭔가 좀 이상해. 분명 뭔가가 있어."

유채는 연신 고개를 갸웃거리며 상을 차렸다.

*　　　*　　　*

독사, 아니, 근덕은 집으로 돌아오자마자 기겁하여 아내를
나무랐다.

"이, 이게 도대체 뭐 하는 짓이야?! 또 시작인 거야?!"

"우리 집에 우환이 깃들어 있대요. 당신도 어서 이 부적에
고개를 숙여. 빨리!"

"…미쳤군! 그렇게 무속인에게 돈을 뜯기고도 아직 정신을
못 차렸어?!"

"아이참! 이번에는 다르다니까 그러네!"

근덕은 하도 어처구니가 없어 어리바리한 표정으로 부적
을 바라보았다.

그런 그의 곁으로 다가온 딸 영미가 고개를 푹 숙였다.

"너, 넌 또 왜 그래?"

"아빠도 어서 절해. 안 그러면 까마귀가 또 창궐한다고."

"까마귀?"

"말했잖아. 며칠 전에 우리 집을 까마귀가 뒤덮었다고."

"그런데? 그게 이것이랑 무슨 상관인데?"

"어떤 도사가 그 사실을 예언했어. 엄마가 그 도사를 찾아
가서 신통방통한 도술도 구경했고."

"…단순히 그 말도 안 되는 소리를 믿고 이 미친 짓거리를
하고 자빠졌다고?"

"믿져야 본전 아니겠어?"

"믿져야 미치는 것이겠지."

"아무튼 하지 않을 것이라면 그냥 들어가서 씻으세요. 지금 엄마를 말리기엔 역부족이야."

"……."

봉사활동 명목으로 광주시장 독과점을 설계한 독사는 며칠 동안 집을 비웠다.

그런데 삼 일 만에 집에 돌아와 보니 두 모녀가 아주 창백하게 질려 있었다.

그동안 믿을 수 없는 일이 벌어졌다고 한다.

집안을 가득 덮은 까마귀. 그는 그 사실을 동네 사람들과 경찰들에게 전해 들었다.

그는 그 일을 단순히 두 번 겹친 우연에 한 번 더 우연이 겹쳐 생긴 일이라고 단정 지었다.

이성적으로 생각하면 그 일에 귀신이 끼어들 리가 없다고 생각한 것이다.

하지만 원래 토속신앙에 대한 맹신을 교회에 다니며 애써 누르고 있던 아내에겐 그렇지가 않은 모양이었다.

그녀는 다시 부적을 집안으로 들여 말도 안 되는 제사를 지내고 있었다.

"그 도사라는 청년, 지금 어디 있나?"

"당신은 몰라도 돼요."

"……."

그는 악몽 같던 아내의 방황이 다시 떠오르려 했다.

'불안한데.'

그러나 이번에는 도박이 아닌 다른 사안이니 그냥 넘어가야 할 듯했다.

딸이 부부 사이에 금이 가는 것을 극도로 싫어하기 때문이다.

가정을 위하여 그는 어쩔 수 없이 찜찜한 마음을 뒤로했다.

＊　　　＊　　　＊

다음 날, 근덕은 최고급 식자재를 잔뜩 구입해서 집안 어르신들 제사를 지냈다.

그는 토속신앙을 배제하는 대신 어르신들 제사를 지냄으로써 아내를 달래주었다.

겉으로는 교회를 열심히 다니는 집사처럼 보이지만, 그녀는 아직도 토속신앙에 대한 끈을 놓지 않고 있었다.

그 때문에 자주 왕래할 기회가 없던 근덕의 누이가 일 년에 두세 번씩 그의 집을 찾았다.

하지만 원래 제사를 지내지 않던 근덕의 집안이기에 그녀는 영 신통치 않은 반응을 보였다.

"무슨 대단한 집안이라고 제사까지 지내?"

"그냥 좀 지내자. 얼마나 좋냐? 오빠가 음식까지 다 해놓고 기다리는데."

"그래 봐야 이걸 다 차리고 치우는 것은 모두 여자 몫이잖아."

"그렇긴 해도."

"아무튼 나는 이해를 할 수 없어."

안 그래도 상당히 삐뚤어져 있던 그녀는 근덕이 건달 생활을 시작하면서 슬슬 불화의 골이 깊어졌다.

이제 그 사이는 도저히 되돌릴 수가 없을 지경이었다.

"하여간 나는 제사만 지내고 바로 갈게."

"…그래라."

가정을 지키기 위한 그의 이중생활은 이렇게 고되고 지치는 순간이 많았다.

그는 집안에 큰 소리가 나지 않도록 자발적으로 제사상을 차리는 데 동참하고 적극적으로 뒤처리까지 도왔다.

그래야 집안이 조용하기 때문이다.

아무리 밖에서 별의별 짓을 다 하고 돌아다녀도 돌아올 집이 있어야 한다는 것이 그의 좌우명이었다.

만약 성질대로 했다면 벌써 이 판을 뒤집고 나갔어도 이상

하지 않았다.

'참자.'

그리고 이렇게 평범하고 화목한 가정이 있어야 경찰과 검찰의 추적과 의심을 피할 수 있으니 한마디로 그는 생존을 위해 무던히 노력하고 있는 셈이었다.

이윽고 시간이 열두 시를 향하고 있다.

땡, 땡, 땡!

자정이 되면 신을 모시기 가장 좋은 시간이라고 하여 아내는 이 시간을 무조건 지켰다.

"자, 그럼 제사를 지낼까요?"

"그래, 그렇게 하자고."

한데 근덕의 동생이 제사상 바로 옆에 걸린 부적을 가리키며 말했다.

"근데 저 물건은 뭐야? 제사상에 무슨 부적?"

"아, 저건 중요한 물건이에요. 아마 제사를 지내는데도 효험이 있을걸요."

그녀는 고개를 갸웃거렸다.

"보통 부적은 귀신을 쫓을 때 사용하는 것으로 알고 있는데, 그럼 우리 조상님들도……."

"으음, 그것도 그렇군."

"그럼 잠시만 치워놓으면 안 되나? 아무리 안 지내던 제사를 억지로 지낸다지만 저건 좀 이상하네."

"그럼 그럴까?"

이윽고 근덕이 부적을 떼어낸 바로 그때였다.

끼이이이잉!

"으윽! 이게 무슨 소리야?"

마치 손톱으로 철판을 긁는 듯한 소음이 들리기 시작하더니 이내 전등불이 깜빡거리고 창문이 흔들렸다.

팅팅팅, 쾅쾅쾅쾅!

"뭐, 뭐야?! 갑자기 왜 이래?!"

그리고 그것으로도 모자라 멀쩡하던 창문이 열리고 마치 한겨울처럼 바람이 불어오기 시작했다.

휘이이이잉!

순간, 그 바람을 타고 흰 소복을 입은 여자들이 미친 듯이 돌진해 들어왔다.

여자들은 마치 사람을 잡아먹기라도 하겠다는 듯 맹렬하기 그지없었다.

―이히히히히!

"허어어어어억!"

"꺄아아악! 귀신?!"

창문틀을 가뿐히 뛰어넘은 귀신들. 귀신을 바라보는 가족들의 얼굴이 경악으로 물들었다.

"어, 어어어어……."

—우히히히히히히!

긴 생머리에 흰 소복을 입은 귀신들은 줄을 지어 집으로 들어왔고, 그녀들은 하나같이 얼굴 부위 중 하나가 없었다.

어떤 여인은 코가, 어떤 여자는 눈이, 또 어떤 여자는 얼굴의 절반이 아예 보이지 않았다.

바로 그때였다.

그중에 한 귀신이 영미에게 다가와 얼굴을 빠끔히 내밀며 물었다.

—나 예뻐?

"어, 어……."

—나 예쁘냐고?

눈을 희번덕거리는 귀신의 얼굴에선 피와 살점이 마구 흘러내리고 있었다.

아무리 심장이 강철인 사람도 정신을 잃지 않고선 도저히 견딜 수 없을 지경이다.

"꼬르르륵."

"여, 영미야!"

결국 영미는 기절해 버렸고, 가족들은 그녀를 안아 들곤 어쩔 줄 몰라 했다.

"흑흑! 이게 다 뭐야?!"

"제, 젠장! 난들 아냐?!"

근덕은 도대체 이게 무슨 일인가 싶었다.

영화도 아니고 현실에서 귀신이, 그것도 이렇게 많이 나타나리라곤 아예 꿈에서조차 상상하지 못했다.

그는 아연실색한 아내를 향해 외쳤다.

"이, 이게 어떻게 된 일이야?! 그놈이 우리에게 무슨 짓을 한 것이 틀림없어!"

"그건 아닐 거예요! 아무튼 그 부적을 다시 걸어놔요!"

"젠장!"

그는 떼어낸 부적을 다시 붙였고, 그 즉시 사태는 곧바로 진정되기 시작했다.

―꺄아아아아악!

팟!

부적이 집에 붙음과 동시에 귀신들은 아주 깔끔하게 자취를 감추었다.

"휴우……."

하지만 여전히 귀신들은 집 밖에 모여들어 창문에 얼굴을 들이밀고 있었다.

툭툭툭.

―으히히히히…….

"환장하겠군."

그는 집안에 있는 커튼이란 커튼은 다 치고 안방으로 들어
갔다.

"일단 안에서 해가 뜰 때까지 기다리자. 방법이 없겠어."

"…거봐요. 내가 뭐랬어? 부적에게 빌라고 했지?"

"좀 자자."

가족들은 그렇게 해가 뜰 때까지 공포에 떨어야만 했다.

*　　　*　　　*

한바탕 귀신 소동이 벌어지고 난 후 드디어 아침 해가 밝았
다.

"가, 가자!"

"네!"

그 난리법석을 떨고 나서도 집에 가만히 붙어 있다면 그것
이 더 이상한 일이다.

근덕은 즉시 집에서 나와 부적을 꽁꽁 싸매고 꼽추도사를
찾아 발길을 옮겼다.

여동생을 포함하여 총 네 식구는 꼽추도사가 있는 골목으
로 향하여 그가 나타날 때까지 무작정 기다리기로 했다.

점심시간이 지나고 슬슬 깊어가는 오후, 드디어 청년도사
가 모습을 드러냈다.

스윽, 스윽.

순자는 그를 보자마자 달려가 손을 붙잡았다.

"아이고, 도사님!"

"무슨 일이십니까?"

"저희 집에 아주 귀신이 넘쳐납니다! 어떻게 좀 해주세요!"

"천천히 말씀해 주십시오. 정확히 어떻게 귀신이 나타났다는 겁니까?"

"그게 그러니까……."

근덕은 더 볼 것도 없다는 듯 청년에게 다가와 돈을 건넸다.

"자, 받아. 이것 받고 우리 집안이 귀신에서 벗어날 수 있도록 도와줘야겠어."

"무슨 말씀이신지……."

"네가 귀신이 나올 것이라고 예견했다면서. 그러니 예언자로서 끝까지 책임을 져야지."

청년은 고개를 가로저었다.

"저는 분명 피하는 방도를 알려드렸습니다. 그것만으로도 천기를 누설한 것이니 저는 죽어서도 제대로 눈을 감지 못하겠지요."

"…뭐라?"

"제 입장에선 할 수 있는 것을 모두 했습니다. 그러니 이제 남은 것은 하늘의 뜻이 어떤가에 따라 달렸겠지요."

근덕은 아까부터 자꾸 부정적으로 나오는 청년에게 돈을 조금 더 건넸다.

"돈이 모자란 모양이군. 쳇, 도사라더니 결국은 속물이었던 거야."

"여, 여보!"

"제대로 된 도사라면 일을 이 지경으로 만들어놓고 저렇게 태연하게 행동할 수 있겠어?"

청년은 그가 내민 돈을 가만히 바라보더니 이내 획 돌아섰다.

"나름대로 호의를 베풀었더니 이런 취급이나 받고… 저는 이만 가보겠습니다. 그럼."

"도, 도사님!"

"가정에 평화가 깃들기를……."

순간, 근덕은 자신에게서 등을 보이는 청년의 어깨를 잡았다.

턱!

"이 새끼가 근데 사람을 물로 보나?!"

그는 청년의 얼굴에 냅다 주먹을 날렸다.

퍼억!

한 조직을 이끌면서 자신의 뜻대로 움직이지 않는 사람을 가만히 내버려 둔 적이 없는 독사로선 어쩌면 당연한 일이었다.

그러나 다짜고짜 얼굴을 한 대 얻어맞은 청년으로선 기분이 좋을 리가 없었다.

"…사람을 무시하더니 이제는 폭력까지. 제가 도대체 뭘 그렇게 잘못한 것인지 모르겠군요."

그는 주머니에서 부적을 한 장 꺼내어 붉은색 물감으로 글씨를 써내려갔다.

슥삭, 슥삭.

그리곤 그 부적에 불을 붙였다.

화르르르륵, 팟!

"어, 어라?"

"도, 도사님!"

도사 청년은 부적과 함께 자취를 감추어 버렸고, 가족들은 망연자실한 표정으로 그가 사라진 자리를 바라보았다.

순자는 얼떨떨한 모습의 근덕에게 버럭 소리를 질렀다.

"여보! 도대체 이게 뭐 하는 짓이에요?!"

"그, 그게……."

"흑흑, 엄마, 이제 우린 어떻게 해?"

"나 참, 괜히 집에서 제사는 지내자고 해가지고!"

'빌어먹을.'

오늘 그는 자신이 명백히 실수했다고 생각했다.

"큰일이구나. 일단… 집으로 돌아가자."

"뭐, 뭐라고?!"

"별수 있나? 그나마 부적이 걸려 있는 곳에서라도 지내야 안전하지 않겠어?"

이제 슬슬 해가 지고 있었다.

백주에 귀신이 튀어나와도 이상할 것이 없는 상황이라곤 해도 빛이 있는 것과 없는 것은 천지차이다.

네 사람은 근덕의 집으로 향했다.

*　　　*　　　*

고슴도치도 제 새끼는 함함한다는 말이 있다.

누구나 제 자식을 예뻐한다는 말로, 이는 이 세상의 그 어떤 악인이라 하여도 마찬가지이다.

유하는 독사 역시 상당히 짙은 부성애를 가지고 있다고 생각했다.

여태까지 그가 가족들에게 자신의 직업이 어떤지 말하지 않고 살아온 것만 봐도 딸에 대한 생각을 엿볼 수 있었다.

유하는 그런 그가 만약 집안에 엄청난 우환이 닥쳤을 때, 과연 어떻게 행동할 것인지에 대하여 선택지를 주었다.

그가 만약 정말 지독한 냉혈한이라고 해도 딸을 버릴지는
의문이다.

유하는 두 조직 간의 싸움을 일으키기 위해 약간의 장치를
했다.

독사에게는 오랜 숙적이 한 명 있었는데, 그는 독사가 가장
두려워하는 사람임과 동시에 상당히 흠모하는 사람이기도 했
다.

그는 광주 일대의 주류 상권을 장악하여 막대한 부를 축적
한 장치라는 건달이다.

장치 역시 희대의 불한당으로 통하는 남자지만 최소한 그
는 건달들 사이에선 꽤나 의리 있고 남자다운 대장부로 소문
이 자자했다.

한 번 한 약속은 목숨보다 더 소중하게 여기며, 신의를 지
키기 위해서라면 죽음을 불사하는 사람이었다.

그러면서도 자신의 조직에 대해선 아주 철저하고도 끈질
긴 애착을 가지고 있었다.

전라도에서 주먹으로 밥을 벌어먹고 사는 사람이라면 장
치에 대해 한 번쯤 흠모하는 마음을 품어보았을 정도로 유명
한 그였다.

장치 역시 독사에 대해선 그의 능력과 재력을 인정하고 있
었지만, 만약 그가 싸움을 걸어온다면 결코 용서치는 않을 것

이다.

그는 건달 세계에서의 룰을 지키기 위해서 수많은 사람을 몰아내고 지금 이 자리에 올랐다.

그런 그가 독사의 월권행위를 결코 좌시하지는 않을 터였다.

유하는 장치라는 사내를 움직이기 위하여 우선 그가 이끌고 있는 장치파가 과연 어떤 조직인지 알아볼 필요가 있었다.

영민의 동생 김철민의 소개로 만나게 된 장치파의 방민식은 장치에 대해서 이렇게 말했다.

"내가 만약 단 한 번 목숨을 걸 수 있다면 큰형님을 위해 바칠 것입니다."

어찌 보면 상당히 낯간지러운 얘기처럼 들리지만 이것은 장치파가 얼마나 탄탄한 조직인지 말해주는 대목이다.

사람들은 흔히 건달 세계를 비열한 뒷골목, 욕망만이 쌓여 만든 세상이라고 생각한다.

그 때문에 만약 일말의 기회라도 생긴다면 주저 없이 위를 향해 칼을 들이댈 것이라고 말이다.

유하는 술자리에서 만난 방민식에게 장치에 대한 생각을 물어보았고, 그는 꽤나 확고한 의지를 가지고 있었다.

"독사파? 훗, 그딴 놈들이 잘났다고 해도 우리 조직을 이길 수는 없을 겁니다. 태생부터가 진짜 건달인 우리 장치파를 놈들이 어떻게 이긴다는 겁니까?"

그는 자신의 조직에 대한 프라이드와 함께 독사파를 한없이 깎아내렸다.

유하는 그에 대하여 조금 더 알아내려 했다.

"그럼 독사는 진짜 건달이 아니라는 소리입니까?"

"당연한 소리 아닙니까? 독사는 뒷골목 시정잡배로 출발해서 사재기로 돈을 번 장사꾼이지 진짜 건달은 아닙니다. 그 증거로 전라도 건달들은 그를 인정하지 않습니다."

"돈은 가장 많다고 들었습니다."

"하긴 돈은 가장 많지요. 하지만 조직이 어디 돈만 가지고 굴러가는 것입니까? 그런 조직은 오래갈 수 없어요. 제가 장담합니다."

"으음, 그렇군요."

김철민의 말에 따르면 방민식과 같은 사람은 장치파에 얼마든지 있다고 했다.

그러니까 만약 두 조직 간의 전쟁이 일어난다면 장치파가 독사파를 와해시킬 수도 있다는 뜻이었다.

'이것 참, 흥미로운 한판이 되겠군.'

유하는 회심의 미소를 지었다.

제11장
인과응보

늦은 밤, 목포의 시가지로 한 대의 차량이 들어섰다.

부아아앙!

맥주와 양주를 가득 싣고 주류 창고로 향하고 있는 이 차량은 장치의 주류 회사에 소속된 직원이 몰고 있는 차다.

그는 오늘 조금 늦은 배달을 끝내기 위해 부랴부랴 거래처를 돌고 있었다.

"이런, 이럴 줄 알았으면 점심시간에 조금 더 타이트하게 돌아다닐 걸 그랬네."

주류 배달이라는 것은 그날 할당된 일을 모두 끝내야 퇴근

할 수 있었다. 때문에 일을 신속하게 끝내는 것이 관건이었다.

배달사원 강민수는 약 다섯 군데의 거래처만 남겨두고 있었는데, 이들 모두는 양주를 넣어주는 룸살롱이라서 시간이 그리 오래 걸리지는 않을 것이다.

양주의 수요는 맥주보다 훨씬 적기 때문에 한 번 내려가 물건을 전달하고 나면 배달이 끝날 터였다.

그는 조금 더 힘을 내어 가속페달을 밟았다.

부아아아앙!

바로 그때였다.

삼거리 교차점을 지나던 그의 자동차 측면으로 대형 SUV가 달려와 그대로 들이받았다.

콰앙!

"크헉!"

강민수의 차량은 뒤집혀 버렸고, 안에 타고 있는 그에게도 극심한 충격이 전해졌다.

강판이 남다른 대형 SUV가 측면을 들이받아 버리면 아무리 트럭이라고 해도 십중팔구 운전자가 다친다.

지금과 같은 상황처럼 차가 옆으로 뒤집혀 버렸다면 목숨이 달아나지 않은 것만으로 다행이었다.

"쿨럭쿨럭!"

간신히 차에서 기어 나온 강민수가 슬며시 눈을 뜬 순간, 그는 자신의 특장 칸에 실려 있는 주류를 모조리 깨고 있는 한 청년을 발견했다.

쨍그랑쨍그랑!

"어, 어?! 아저씨, 왜 그러세요?! 그러시면 안 되죠! 아무리 사고가 났다곤 하지만 술은 왜……?"

순간, 그는 사내의 몸에 새겨져 있는 문신과 마주했다.

'건달?'

이 시간에 그를 습격할 수 있을 만한 사람은 장치에게 원한을 품었거나 그와 반대되는 세력이 분명했다.

아무리 배달사원이라곤 해도 그 역시 자신의 회사가 어떤 곳인지 정도는 알고 있었다.

그는 가까스로 전화기를 꺼내 들었고, 그 즉시 장치파의 중간보스인 최준민에게 전화를 걸었다.

─여보세요?

"최, 최 부장님."

─민수 씨? 민수 씨가 이 시간에 무슨 일이야?

"그, 그게… 지금 누군가에게 트럭이 습격을 받았습니다."

─뭐?! 그럼 지금 민수 씨는 어디에 있어?! 병원인가?!

"아닙니다. 지금 막 차가 트럭을 들이받아서……."

바로 그때, 사내가 달려와 그의 핸드폰을 빼앗아 바닥에 집어 던져 버렸다.

빠악!

"다, 당신!"

"어이, 아저씨, 자꾸 그러면 재미없어. 죽고 싶어 환장했나?"

꿀꺽!

그는 살벌한 눈초리로 민수를 노려보더니 이내 끝까지 차량에 남아 있던 주류를 모두 훼손하곤 자취를 감추어 버렸다.

*　　　　*　　　　*

장치주류의 배달사원 강민수가 사고를 당한 것은 삽시간에 조직 내부로 퍼져 나갔다.

멀쩡한 사람을 차로 밀어버리고 그것도 모자라 주류를 모두 훼손했다는 것.

이는 장치파에 대해 악감정을 가지고 있는 누군가가 저지른 일이 분명했다.

최준민은 이 사실을 조직의 2인자인 박현무에게 전달했다.

박현무는 이 소식을 듣고는 단박에 독사파의 조직원을 떠올렸다.

지금 이 조직에 위협을 가할 수 있는 세력은 그리 많지 않앉고, 그럴 만한 계기를 가진 조직도 별로 없었다.

그중에서도 가장 유력한 후보를 따지자면 단연 독사파가
1위였다.

"하지만 놈들이 도대체 무슨 이유로 우리를……."

사람을 노리고 차를 들이받았다면 분명 조수석이나 운전
석을 들이받았어야 했다.

그러나 이 의문의 사내는 사람이 타고 있는 운전석과 조수
석은 건드리지 않고 오로지 주류가 실려 있는 쪽을 습격했다.

아마 그는 처음부터 운전자보다는 술을 훼손시킬 목적으
로 이 일을 벌인 것이다.

차량 안에 들어 있던 주류의 시가를 따지면 족히 일천 만
원은 훌쩍 넘을 터였다.

하지만 고작 일천만 원 때문에 이 말도 안 되는 일을 저질
렀다고는 보기 어려웠다.

"흐음."

독사파에 대한 의심을 키워가던 그때, 박현무에게 말단 조
직원 한 명이 헐레벌떡 달려와 고개를 꾸벅 숙였다.

"형님!"

"누구냐?"

"목포 멸치파 식구 넙치입니다!"

"멸치? 아하, 상철이 동생이구나."

"예, 형님!"

생전 처음 보는 얼굴이긴 하지만, 지금 그에게 그런 자질구레한 것들이 보일 리가 없었다.

"그런데 네가 여긴 어쩐 일이냐?"

"큰일입니다!"

"큰일?"

"지금 독사파 놈들이 우리 업장을 습격했습니다!"

"뭐, 뭐야?!"

"그것도 광주 시내에 있는 황진이를 쳤다고 합니다!"

"이런 젠장!"

황진이는 장치파에서 운영하는 업소 중 가장 규모가 크고 보스 장치가 가장 아끼는 룸살롱이다.

보스가 애착을 갖는 업소이니만큼 상당히 깐깐하고 수준 높은 서비스가 제공된다.

그 덕분에 황진이는 광주에서 가장 유명한 유흥업소가 되었다.

이 업소에서 거두어들이는 수익은 장치파의 유흥업소 수익의 10%를 차지할 정도로 엄청났다.

그런 황진이가 습격을 당했다는 소식은 마른하늘에 날벼락이었다.

"차를 준비해야겠다!"

"제가 차를 가지고 왔습니다! 어서 가시지요! 지금 저희 멸치파에서 급한 대로 인력을 투입했습니다! 아마 형님께서 오신다면 다른 조직도 금방 도착할 겁니다!"

"그래, 가자!"

박현무는 넙치를 따라서 광주로 향했다.

*　　　*　　　*

검은색 야구 모자를 푹 눌러쓴 유하는 지금 장치파의 2인자인 박현무를 데리고 광주의 외부순환도로를 달리고 있었다.

그런데 박현무의 손발에 수갑이 채워져 있고, 절대로 반항할 수 없도록 온몸이 로프로 꽁꽁 묶여 있다.

"…도대체 우리에게 이러는 이유가 뭔가?"

"인과응보. 죄를 지었으면 응당 벌을 받아야 마땅하다. 아무리 건달이라곤 해도 이런 기본적인 사자성어도 모르지는 않겠지?"

"지금 나와 말장난을 하자는 건가?!"

"워워, 조심해. 그러다 네 모가지가 날아가는 수가 있어."

박현무는 잠시 화를 가라앉힌 후 차분하게 말을 풀어나갔다.

"그래, 미안하다. 내가 잠시 흥분했군. 다시 한 번 묻지. 도대체 이런 짓을 하는 이유가 뭔가? 원하는 것이 있을 것 아닌가?"

"목포 독사라고 아나?"

"독사라면 네가 모시는 사람 아닌가?"

유하는 실소를 흘렸다.

"후후, 내가 만약 독사의 부하라면 너를 납치했겠나?"

순간, 박현무는 오늘 벌어진 사고를 떠올렸다.

"그렇다면 교통사고도 네놈이……."

"그래, 생명에 지장이 없도록 조치를 취하긴 했다만 괜찮을지 의문이군. 피해자에겐 내가 따로 보상하겠다."

박현무는 유하와 얘기를 하면 할수록 뭔가 앞뒤가 맞지 않는지 연신 고개를 갸웃거렸다.

"도대체 독사의 조직원도 아닌 네가 왜 이런 짓을 하는지 도통 이해할 수 없군. 보아하니 건달도 아닌 것 같은데."

"내가 말하지 않았나? 인과응보라고. 나는 너희가 목포의 독사를 아예 끝장내 버릴 수 있도록 조금 손을 쓴 것뿐이다."

그는 유하의 대답에 실소를 흘렸다.

"후후, 이 세상에 깨끗하게 돈을 버는 건달도 있나? 그렇다면 따지면 이 세상에 끝장나야 할 사람은 한둘이 아니다. 아예 이참에 나도 확 묻어버리지 그래?"

"뭐, 그게 소원이라면 그렇게 해줄 수도 있다. 하지만 너희는 최소한 일반인에게 직접적인 피해를 주지는 않지 않나?"

"그렇긴 하지만……."

요즘 건달들은 불법적인 일에 거침없이 손을 대긴 하지만, 큰 조직들은 불법적인 사업에서 슬슬 손을 떼고 있는 추세였다.

언제까지 대포폰이나 대포통장을 만들어 팔거나 용역 깡패 등으로 돈을 벌 수는 없기 때문이다.

장치파 역시 마약 거래나 거래법 위반 등에서 손을 뗐다.

지금 장치파는 주류회사를 운영하거나 나이트클럽을 운영하여 올린 수익을 조직원들끼리 배분하는 형식을 취하고 있었다.

물론 노래방 도우미들이나 룸살롱 아가씨들을 모집해서 일자리를 주고 있긴 하지만 그것은 어디까지나 아가씨들의 동의를 얻어 행하는 사업의 일환이다.

경찰서에 가면 노래방 도우미나 룸살롱 아가씨들도 함께 처벌을 받게 된다.

그것은 엄연히 불법이지만, 그것은 어디까지나 이 업계의 여자들 역시 돈을 벌기 위해 자진한 것이기 때문이다.

"독사 때문에 죽어나간 가게가 어디 한둘인 줄 아나? 놈이

횡포를 부리는 바람에 우리 목포시장은 아주 묵사발이 났어."

"으음, 그렇다면 네놈은 목포에서 장사를 하는 일반 시민이겠군."

"글쎄."

유하는 군이 그에게 자신의 정체를 밝히지 않았다.

"너희의 조직력이라면 충분히 독사를 박살 낼 수 있을 것이다. 그렇지 않나?"

"하지만 그와 동시에 우리 역시 적지 않은 피해를 입을 것이다."

"그렇지만 그에 합당한 보상을 받게 되겠지."

확실히 독사가 가지고 있는 상권은 충분히 메리트가 있었다.

그렇다고 장치파가 상인들을 상대로 고혈이나 빨아먹는 짓거리를 하지는 않을 테니 단순 판매 수익으론 꽤 이득을 볼 것이다.

"안주 값이나 좀 하는 것이 어때? 술만 팔아서 무슨 수지가 맞는다고."

"흐음……."

만약 이 전쟁이 벌어지기만 한다면 확실히 장치파에게 큰 이문이 떨어질 것이다.

"좋아, 그렇다면 우리가 이번 전쟁에서 이겨 많은 이득을 본다고 치자. 그럼 너에겐 도대체 뭐가 남는가?"

"남는 것이라……. 나의 터전을 지키는 데 의미를 둔다면?"

"무슨 봉사활동하는 건가?"

"음, 보자……."

원래 세상은 상부상조, 공생관계가 유지되어야 마땅하다.

박현무는 유하가 이 일을 벌인 것에 대해 뭔가 다른 뜻이 있다고 생각하는 모양이었다.

원한다면 그에게 밑을 주는 일 따위는 그리 어려운 일이 아니었다.

"알맹이는 너희가 먹고 껍데기는 내가 먹는 것은 어때?"

"껍데기?"

"독사의 POA물산을 내가 먹는 것으로 하자. 대신 그 안에 들어 있는 자본금은 너희가 알아서 빼가라. 어떤가?"

"오호, 나쁘지 않은 제안이군. 우리는 속살만 발라먹고 나머지 껍데기는 네가 처리해 주겠다?"

"이름을 바꾸어 내가 유통망을 이어받는 것이지."

"후후, 그래. 그 정도는 되어야 거래가 성립되지."

두 사람은 만난 지 하루도 되지 않아 의기투합했다.

*　　　*　　　*

목포 시가지에 위치한 독사 김근덕의 집. 이곳은 요즘 귀신이 출몰한다는 소문이 돌고 있었다.

번화가에서도 가장 땅값이 비싼 곳에 자리 잡은 그는 선망의 대상으로 통하곤 했다.

하지만 요즘 이 동네 주민들은 김근덕의 집이라면 아예 쳐다보지도 않았다.

심지어는 김근덕이 있는 골목을 지나던 주민들은 일부러 먼 길을 돌아 이곳을 에둘러 갈 정도였다.

주민 100명이 하나같이 귀신을 보았다고 증언했을 정도라면 그 사태가 얼마나 심각한지 잘 알 수 있었다.

챙챙챙챙!

"얼쑤!"

"아이고! 비나이다, 비나이다!"

김근덕은 근방에서 가장 용하다는 무당들을 데려다 놓고 하루가 멀다 하고 굿판을 벌이고 있었다.

하지만 굿판을 벌이던 무속인들까지 작두를 버리고 도망갈 지경이니 이것은 도저히 방법이 없었다.

그런 가운데에 유독 자신감을 보인 도사가 있어 지금 굿을 하고 있다.

독사 김근덕은 벌써 열 시간째 벌어지고 있는 굿판을 바라보며 이내 시간을 확인한다.

[7시 30분.]

"오늘은 드디어……."

벌써 몇 명의 무속인이 다녀갔는지지 기억조차 나지 않을 정도인 김근덕은 이제 제발 귀신 무리에서 벗어나고 싶은 심정이었다.

그러나 우연의 일치나 엄청난 요행은 결코 일어나지 않았다.

휘이이이잉!

꽤나 을씨년스러운 바람이 불어오더니 이내 백발의 귀신들이 하늘에서 뚝뚝 떨어져 내리기 시작했다.

ㅡ이히히히히히히!

"꺄아아아악! 또 나타났다!"

굿판을 제대로 마쳐주면 무려 500만 원이나 준다고 현상금을 건 근덕 덕문에 무속인은 혼신의 힘을 다해 귀신을 쫓아냈다.

"훠이! 물럿거라!"

ㅡ끼에에에에엑!

하지만 그녀의 적극적인 태도는 귀신들을 더욱 화나도록 했고, 이내 무속인은 귀신들에 의해 하늘 높이 떠오르고 말았다.

휘리리리릭!

"어, 어어어어······?"

─우히히히히히히히!

"끄아아아아악!"

메아리만 남기고 사라져 버린 무속인을 바라보던 김근덕은 가족들을 데리고 급히 집안으로 들어갔다.

"젠장! 어서 집으로 들어가!"

"흑흑!"

"어서 빨리!"

억지로 세 여자를 일으켜 세워 집으로 들어가려던 김근덕의 발을 귀신이 붙잡았다.

턱!

─끼에에에에엑!

"이런 빌어먹을!"

그는 자신의 발을 붙잡는 차가운 기운을 뿌리치고 간신히 가족들과 함께 안전한 장소로 이동하는 데 성공했다.

"허억, 허억!"

"아, 아빠! 이젠 저것들이 사람까지 해치잖아!"

"그러게 말이다."

"흑흑, 이젠 어떻게 해?"

"···머리를 조금 더 써보자. 아빠가 알아서 이 사태를 해결할게."

바로 그때였다.

전화기 벨이 울렸고, 그는 화들짝 놀라서 얼른 전화를 받았다.

따르르르르릉!

"여, 여보세요?"

—형님, 강철입니다!

"강철이? 네가 무슨 일이냐?"

—지금 당장 와보셔야 할 것 같습니다!

"도대체 무슨 일이기에……."

—저희 쪽 식구들과 장치네 식구들이 전쟁을 벌였답니다!

"뭐?! 이런 말도 안 되는 일이……!"

—형님, 어서 오셔야 합니다! 안 그러면 목포 바닥에 있는 상권을 모두 다 빼앗길 겁니다!

"젠장, 젠장!"

장치는 전라도 일대를 아우르는 전국구 주먹으로, 이 일대에 있는 주류상사는 거의 모두 그의 것이라고 할 수 있었다.

조직의 규모가 상당히 큰데다 돈까지 많아서 독사와는 양대산맥으로 통했다.

자금력으로 볼 땐 당연히 독사가 앞설 수도 있지만 조직력으로 따지자면 그가 한 수 접어줘야 할 것이다.

도대체 어떤 이유로 전쟁이 일어난 것인지는 몰라도 당장 사태를 수습하지 않으면 조직이 깨지는 사태가 벌어질지도 몰랐다.

　'빌어먹을, 내가 어떻게 여기까지 왔는데……!'

　무려 20년 넘게 일궈온 조직을 생각하면 목숨을 불사하겠지만, 귀신에게 둘러싸인 가족을 버리고 나갈 수도 없는 노릇이다.

　"흑흑, 아빠……."

　"…그래."

　딸을 품에 안은 독사, 그는 깊은 고뇌에 빠져들었다.

『현대 도술사』 2권에 계속…

현대 소환술사

THE MODERN SUMMONER

FUSION FANTASTIC STORY

현윤 퓨전 판타지 소설

하늘이 무너져도 솟아날 구멍은 있다!

드래곤의 실험으로 모진 고난을 겪어야 했던 레비로스!
우여곡절 끝에 소환술사가 되어 최강의 자리에 오르지만
운명은 그를 나락으로 떨어뜨린다.

『현대 소환술사』

다시 한 번 주어진 삶!
그러나 그마저도 암울하기 그지없는데……

소환술사 레비로스의
인생 역전이 시작된다!

Book Publishing CHUNGEORAM

박선우 장편 소설
FUSION FANTASTIC STORY
PERFECT GAME
퍼펙트 게임
고통과 좌절의 시간들을 뛰어넘어
불사조처럼 일어나 세계를 제패한 사나이의 일대기.
대한민국을 넘어 메이저리그를 평정하며
명예의 전당에 헌정된 언터처블 투수, 이강찬.
강철 같은 어깨에서 뿜어져 나오는 그의 패스트볼은
무적이었으며 야구계에 길이 남을 신화였다.
야구만을 사랑했던 고독한 사나이.
그의 퍼펙트게임이 이제 시작된다!
Book Publishing CHUNGEORAM
www.chungeoram.com

가프 장편 소설

관상왕의
1번룸

FUSION FANTASTIC STORY

거대한 도시의 그늘에서 벌어지는
짜릿하고 통쾌한 이야기!

『관상왕의 1번룸』

텐프로의 진상 처리 담당, 홍 부장.
절망적인 삶의 끝에서 만난 남국의 바다는
그를 새로운 인생으로 인도하는데……

쾌락을 원하는 거부, 성공에 목마른 사업가,
그리고 실패로 절망한 사람들이여.

여기, 관상왕의 1번룸으로 오라!

Book Publishing CHUNGEORAM

유행이 아닌 자유추구 -
WWW. chungeoram.com